捻《ねじ》れ家《が》

古道具屋　皆塵堂

輪渡颯介

講談社

目次

古道具屋 皆塵堂《かいじんどう》

捻《ねじ》れ家《が》

登場人物

念次郎（ねんじろう）
若い筆職人。目覚めるたびに不思議な場所にいる。

太一郎（たいちろう）
浅草の道具屋銀杏屋《いちょうや》の主《あるじ》。幽霊が見えてしまう。

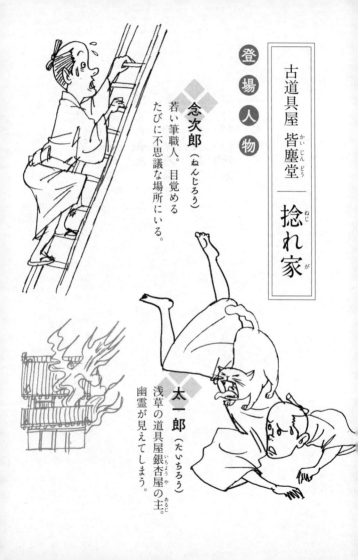

松助（まつすけ）

念次郎の飲み仲間の松葉屋《まつばや》の若旦那《わかだんな》。

峰吉（みねきち）

皆塵堂の小僧。手先が器用で絵も上手《うま》いらしい。

イラスト：山本（Shige）重也

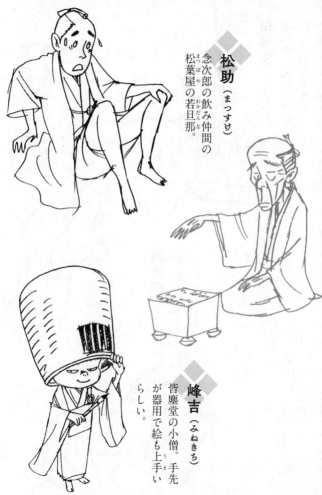

清左衛門（せいざえもん）

皆塵堂の家主で、材木問屋鳴《なる》海《み》屋《や》のご隠居。

伊平次（いへいじ）

深川の古道具屋皆塵堂の主。曰《いわ》く品《ひん》ばかり集めてくる。

円九郎（えんくろう）

清左衛門に勘当《かんどう》を解いてもらいたい怠《なま》け者《もの》。

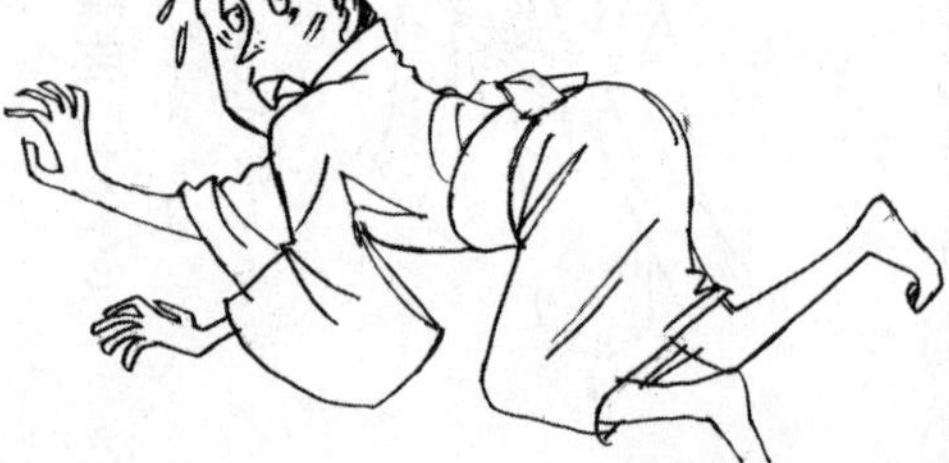

捻《ねじ》れ家《が》

古道具屋　皆塵堂《かいじんどう》

捻《ねじ》れた料理屋

一

目を覚ますと見知らぬ座敷にいた。

明らかに自分が住んでいる九尺二間の長屋の汚い部屋ではなかった。それより広いし、土間もない。床も畳《たたみ》敷きだ。

この部屋は三方が襖《ふすま》で仕切られ、残りの一方が障子戸になっている。そのどれもが今は閉じられていた。

「ええと、ここは……」

呟《つぶや》きながら念次《ねんじ》郎《ろう》は体を起こした。

部屋の隅に置かれた行灯《あんどん》の光に照らされて、自分の影が障子に映っている。どうやら今は夜のようだ。

行灯の他に、酒や料理の載った膳《ぜん》が三つ、部屋の真ん中にコの字型に置かれている。目に入る物はそれだけだ。ただし念次郎の他にもう一人、ごろりと横になって眠っている男がいた。

筆や墨《すみ》、硯《すずり》などを商っている松葉屋《まつばや》という店の若旦那《わかだんな》である。松助《まつすけ》という名で、年は念次郎と同じ二十二だ。

「……ああ、そうだった。若旦那と一緒に飲み歩いていたんだ」

念次郎は筆作りを生業《なりわい》にしている。お礼奉公を終えて独り立ちしたばかりで、まだ修業先の親方から仕事を回してもらってやっと食いつないでいる、駆け出しの職人だ。

松葉屋はそんな半人前の念次郎に、親方を通さず直《じか》に仕事をくれる店だった。松助と馬が合ったから、というだけのことだが、今の念次郎にはありがたかった。

「で、その若旦那と中秋の名月を眺《なが》めながら酒を飲もうとなって……」

松葉屋があるのは深川佐賀町《ふかがわさがちょう》である。そこからほど近い、永代寺門前仲町《えいたいじもんぜんなかちょう》の辺りをぶらぶらと歩き回った覚えがある。いくつかの居酒屋に顔を出し、最後に入ったのは確か、富岡八幡宮《とみおかはちまんぐう》のそばにある千石屋《せんごくや》という料理屋だった。その店で月を見ながら飲み食いし、そろそろ帰ろうという話になって……。

「それから、どうしたんだっけな」

まったく覚えていない。千石屋からは出たような気がするが、それも定かではない。ただ、ここは千石屋ではなさそうだ。様子が違う。

「まっすぐ帰らずに、また別の料理屋で飲み直すことにしたのかな」

考えても分からないので、念次郎は松助に訊《き》いてみることにした。

「若旦那……若旦那、起きてください」

体を揺すると、松助は「ううん」と唸《うな》りながら面倒臭《くさ》そうに目を開けた。

「どうだい、いい絵は描けそうかい」

「……若旦那、寝ぼけないでください。あっしは筆を作る方の人間であって、絵は描きませんよ。字は書くけど、そちらもあまり上手《うま》くはないかな」

「うん……ああ、念次郎さんか」

松助はのろのろと体を起こした。

「絵師が出てくる夢を見ていたんですよ。この私が、その絵師と誰かを引き合わせることになっていて、それで……あれ、忘れてしまった」

「それはよかった。他人《ひと》が見た夢の話を聞くのはつまらないから」

「言われてみるとそうかもしれないね。ところで、ここはどこだい」

松助は不思議そうな顔で部屋を見回した。

「あっしも若旦那にそれを訊こうと思ってたんですよ。目覚めたらここにいました」

「ふうん。千石屋ではないみたいだね」

「ええ、そのようで」

「確か、千石屋からは出たはずだよ。それから、ええと……」

松助は首をひねった。どうやらこの男も、念次郎と同じあたりまでしか覚えていないらしい。

「……多分、またどこかの料理屋に入ったんじゃないかな。膳があるし」

「あっしもそう思うんですけど、膳が三つあるのは妙ではありませんかい」

念次郎と松助は、二人だけで飲んでいたのだ。

「帰る途中で知り合いに会ったのかもしれないよ。それで三人で飲もうとなって、適当に近くにある店に入ったとか」

「そうなると、その知り合いはどこに消えたんでしょうね」

「小便にでも行ったのだと思いますよ」

松助は立ち上がると、障子戸に近づいてすっと開けた。

座敷にある行灯に照らされて、縁側があるのが見えた。その向こう側は庭のようだが、暗くて様子がよく分からなかった。

「ここは料理屋で間違いないみたいですね」

濡《ぬ》れ縁《えん》ではなく、ここの縁側は雨戸の内側になるように造られている。いわば座敷と庭の間にある廊下だが、寺や武家屋敷を除くと、こういう縁側がある家は江戸にはあまりない。せいぜい大きな料理屋で見るくらいだ。

「そのようですねぇ」

念次郎も立ち上がり、松助の横から障子戸の外を覗《のぞ》いた。

やはり庭の様子はよく見えなかった。行灯の明かりはかろうじて庭の手前辺りに届くだけで、その先は吸い込まれそうなほどの闇に包まれている。

部屋の中から首だけを伸ばし、左の方を見た。縁側に沿って障子戸が並んでいる。ここと似たような座敷があるようだ。縁側の先は行き止まりになっている。

今度は顔を右に向けた。こちらも同様に障子戸が並んでいるが、縁側の先が違った。行き止まりではなく、板戸があるのだ。その手前に有明《ありあけ》行灯が置かれ、そばに柄杓《ひしゃく》の載った瓶《かめ》が見える。多分、手水鉢《ちょうずばち》として使われているのだろう。

「あそこが厠《かわや》みたいだよ」

松助が縁側に出た。のんびりした足取りで板戸の方へ向かっていく。

念次郎も一緒に行こうとしたが、縁側に踏み出そうとした足を途中で止めた。何となく気味が悪いように思えたのだ。どこか腑《ふ》に落ちない点があるような気がする。

それはいったい何だろうと首を捻《ひね》る。しかし思いつくより先に松助が板戸の前に着いてしまった。

「どなたか入っていますか」

松助が声をかけた。返事がないらしく、松助は続けて二度、三度と同じように板戸の向こう側へ呼びかけた。

やはり返事はなかったようだ。松助は板戸に手を伸ばして、そっと開けた。

「思った通り厠でしたよ。誰もいませんけどね」

松助は念次郎の方を振り返ってそう告げると、またのんびりと歩いて部屋に戻ってきた。

「しかしなぜか膳は三人分あります。もう一人はどこへ行ってしまったんでしょうかねえ。念次郎さんはどう思いますか」

「食い逃げでもされたんじゃないですかね。その誰だか分からない知り合いに」

松助が部屋に入ったので、念次郎はすぐに障子戸を閉めた。真っ暗で何も見えないのだから開けていても気味が悪いだけだ。

「料理に手を付けた様子がないので、食い逃げではないみたいですよ。ただ、猪口《ちょこ》にはもう酒が注いでありますね。先に酒を飲んでいたのかな」

松助は障子戸に近い所に置かれている膳に近づくと腰を曲げ、載っている猪口に手を伸ばした。しかし酔いが残っているのか手元がおぼつかなく、その猪口を倒してしまった。

「おや、こぼしてしまいましたよ。膳の上だからいいけど、もったいないことをしました」

もし念次郎だったら慌《あわ》てて膳に口を付けて啜《すす》り込むところだが、さすがに松葉屋の若旦那はそんなことをしなかった。申しわけなさそうな顔で膳を眺めているだけだ。

「ううん……しかし本当にどこへ行ったのでしょうね、三人目は」

「食い逃げではなく、銭そのものを盗られたんじゃありませんかい。あっしと若旦那が寝ている隙《すき》に」

「そんなことはないと思いますが……念のために確かめてみましょうか」

松助は腰を下ろし、首元にある紐《ひも》を手繰《たぐ》った。懐《ふところ》から巾着《きんちゃく》袋《ぶくろ》が出てくる。松助はいつもこの袋を首から下げているのだ。財布はその中に入れて持ち歩いている。

「ふうむ。銭が減った様子はないみたいですよ」

袋から出した財布の中を覗き込みながら松助が言った。

「それはよかった……ええと、若旦那。前々からずっと気になっていたんですけどね。せっかくだから今、訊《たず》ねておきます。その袋、何が入っているんですかい」

当然、財布だけではあるまい。

「別に面白い物は入っていませんよ。ええと、まずはこれですね」

松助は袋に手を突っ込むと、数珠《じゆず》を取り出した。

「へえ……」

持ち歩いている人がいないわけではないが、若い者だと珍しいのではないか。念次郎は少し驚いた。

「それから、こんな物も入っています」

松助が次に出したのは御札《おふだ》だった。しかも火難除けの御札である。これは間違いなく意外だ。大店《おおだな》の若旦那だから商売繁盛の御札ならまだ分からなくもないが、それでも持ち歩く物ではない。

「あとは……これだけですよ」

取り出されたのは四つに折られた数枚の紙だった。松助が広げると、何やら細かい文字がたくさん書かれていた。

「それは何ですかい」

「写経した紙です。私が書いたのですよ」

「若旦那……信心深かったんですねぇ」

「いや、そういうわけではありません」

松助は出した物を丁寧《ていねい》に袋に戻した。

「叔父さんから肌身離さず持っているように言われているのですよ。詳《くわ》しくは聞かされていませんが、多分、お父つぁんのためだと思います」

「ああ……」

松助はまだ物心が付く前に父親を亡くしたと聞いている。そのため松葉屋の今の店主は松助の叔父の継右衛門《つぎえもん》という人だ。あくまでも松助が一人前になるまでの繋《つな》ぎということらしい。

「なんか、悪いことを訊いちまったみたいだ。申しわけない」

「構いません。別に気にしてはいませんよ」

言葉通り、松助には特に気を悪くした様子は見られなかった。それならついでに、と念次郎は不思議に思ったことを訊ねてみた。

「写経と数珠は分からなくもないけど、火難除けの御札は何でしょうね」

「お父つぁんがどうして死んだか、ということも実は聞かされていないのですよ。だから確かなことは言えませんが、多分、火事で死んだのだと思っているのです。子供の頃から、やたらと火には気をつけろと言われてきたというのもありましてね」

そういえば松助は煙草《たばこ》を吸わない。

「なるほど、それで火難除けの御札が袋に入っているのか。持ち歩くのはどうかと思うけど、そう聞くと合点がいかなくもないかな」

「私が松葉屋を継ぐ時に詳しく教えてくれることになっています。どんなことを言われるか分かりませんが、差し支えがなければ念次郎さんにも話してあげますよ……それはそうとして、もう一つの膳の謎の三人目が心配です。急に体の具合が悪くなってどこかで倒れている、なんてことがなければいいのですが」

取り出した物を袋へ戻しながら松助は言った。優しい若旦那である。

「それなら、あっしが誰か捕まえて訊いてみますよ。だけど、なんか静かすぎるんだよな、この料理屋」

先ほど縁側を覗いた時に、この座敷の両側にずらりと障子戸が並んでいるのを見ている。どの部屋にも明かりが点《とも》っていた。しかし目覚めてからこれまで、他の部屋からの物音や話し声をまったく耳にしていない。

「でもまあ、さすがに店の人はどこかにいるでしょう」

念次郎は閉じている襖に近づき、少しだけ開けて隣の部屋を覗いた。

こちら側と同じ広さの座敷だった。右手に障子戸があり、残りの三方が襖で仕切られているのも変わらない。ただし料理の載った膳はなく、明かりの点った行灯だけが部屋の隅に置かれている。

「誰もいませんよ」

念次郎は襖を大きく開けてから振り返った。

「その次の部屋はどうでしょうね」

袋を首に掛けながら松助が訊いた。念次郎は奥にある襖へと歩み寄って、襖を少し開けて中を覗いた。

「ここも同じですよ」

その部屋にも人の姿はなかった。膳も置かれていない。行灯がひっそりと点っているだけだ。

「使っていない部屋なら行灯を消しておけばいいのに。油がもったいない」

それともこれからすぐに客が来るのだろうか。念次郎はそう考えながら襖を大きく開け放ち、部屋の中に足を踏み入れた。

ここも造りは一緒である。右手に障子戸、残りの三方は襖だ。そんな部屋の様子を眺めながら、念次郎はその先にある襖へと近寄った。

やはり少しだけ開けて次の部屋を覗き込む。

「おっ、ここは違いますよ。膳が置かれている。まあ、誰もいないのは同じですけど」

「皆さん、どこへ行ってしまったのでしょうね」

後ろから近寄ってきた松助も部屋の中を覗き込んだ。

「料理は向こうの部屋にあったのと変わらないみたいですね」

「ああ、本当だ」

念次郎は襖を大きく開け、その部屋に足を踏み入れた。

コの字型になっている膳の並べ方も、その上に載っている料理の置かれ方も、目覚めた部屋と同じである。同じ物を注文すれば当然そうなるので、これは構わない。しかしそれだけではなくて……。

「わ、若旦那。酒が膳の上にこぼれていますよ」

念次郎がそう声を出すと、松助も部屋に入ってきて膳を覗き込んだ。

「きっと私みたいなうっかり者がいたのでしょう。驚くことじゃありませんよ」

「いや、だけど……」

こぼれ方がそっくりなのである。その膳が障子戸に近い側にあることも向こうの部屋と同じだ。

「……あれ？」

念次郎は眉《まゆ》をひそめた。これまでの部屋と同様、ここも三方は襖で、一方だけが障子戸で囲まれている。しかし、障子戸が反対側になっていた。ずっと右手に障子戸を見ながら部屋を通り抜けてきたのに、ここは左側にあるのだ。

「なんか……薄気味悪いな」

まるで元の座敷に戻ってしまったように感じる。

もちろんそんなことはあり得ない。自分たちはまっすぐ歩いてきたのだから。そう考えながら念次郎は後ろを振り返った。

途端《とたん》にまた「あれ？」と声を上げた。元の座敷を見ようと思ったのだが、それができなかったのである。

「若旦那、襖を閉めたんですかい」

「うん？　いや、そんな覚えはありませんよ」

松助も振り向き、襖を見て首を傾《かし》げた。

「あれ、おかしいな……」

「わ、若旦那は行儀がいいから、きっと癖《くせ》で閉めたのでしょう」

だが、音は聞こえなかった。襖は隙間《すきま》がないほどぴたりと閉じている。どんなに丁寧に動かしたとしても、二枚の襖がぶつかる時に少しくらい音を立てそうなものだ。

「……そ、それにしても変わった造りの料理屋ですねぇ。この部屋はさっき見た庭とは反対側に障子戸があるけど、中庭か何かなのかな」

気味の悪さを誤魔化《ごまか》すように、わざと軽い口調で言いながら、念次郎は障子戸を開けた。

縁側があった。その向こうは庭だが、部屋の行灯の明かりは手前の辺りまでしか届かないので先の方はよく分からない。深い闇に包まれている。

左の方へ目をやった。縁側に沿って障子戸が並んでいる。その先は行き止まりだ。

右へと顔を向ける。やはり同じように障子戸が並び、縁側の先には板戸がある。

「な、なんで……」

つい先ほど、これとまったく同じものを眺めた。恐らく……いや間違いなく自分たちは元の座敷に戻っている。

かえって気味の悪さが増してしまった。外なんか覗かなければよかったと思いながら、念次郎は慌てて障子戸を閉めた。

「こっちの襖の向こうはどうなっているのでしょうね」

松助が障子戸の反対側にある襖に近づいた。念次郎と違って怖がっている様子はない。度胸があると言うか、とにかく呑気《のんき》で、のんびりした人なのだ。育ちがいいからだろうか。

「わ、若旦那、気をつけてくださいよ。どう考えてもこの料理屋は妙だ。むやみに開けない方がいいんじゃないかと……」

「もう開けちゃいましたよ。ああ、ここは廊下ですね」

松助が襖を大きく開け放った。言う通り、幅が一間ほどの広めの廊下が見えた。その向こうは壁だ。

「やはり人の姿はありませんね」

廊下をきょろきょろと見た松助がそう言ったので、念次郎も覗いてみた。

まずは左の方へ目を向ける。すぐそこに壁があった。

しかし部屋にはそちら側にも襖がある。まだ似たような座敷がありそうだ。よく分からない造りだ。

眉をひそめながら右の方へ顔を向ける。薄暗い廊下が長々と延びていた。その左側はずっと壁で、右側は襖がずらりと並んでいる。

元の座敷から眺めた縁側が、そのまま廊下と入れ替わった感じだ。ただし、その先に板戸はなかった。壁になっている。

「……ねぇ若旦那。妙なことを考えていると思われるかもしれませんが、あっしたち、もしかするとここから出られないのでは……」

廊下を進んで一番端の部屋に入ったら、そこはまた元の座敷のような気がする。そうしてぐるぐると同じ所を回らされて……。

「いやいや、念次郎さん。落ち着いてよく見てくださいよ。廊下の左の方は確かに行き止まりだけど、右は違います。壁に突き当たっているように見えますが、そこから左に行けそうです」

念次郎は目を凝《こ》らした。松助の言う通りだった。突き当たりの左側は壁が途切れているように見える。

「ほ、本当だ。薄暗いのによく分かりましたね。大したもんだ」

廊下に行灯は置かれていない。念次郎たちがいる座敷から漏《も》れる光だけで松助は気づいたようだ。

「よく見れば念次郎さんにだって分かったと思いますよ。別に大したことではありません」

松助はそう言うと、おもむろに廊下に出た。

「あそこを曲がった所が店の出入り口ではないでしょうか」

「そ、そう願いたいですねぇ」

もし行き止まりだったら大変である。出入り口がないことになってしまう。

「さすがにそこなら、誰かしら人がいると思いますよ」

松助が廊下を歩き出した。念次郎は少し遅れてついていく。

「すみません、店の人はいらっしゃいますか。ちょっとお訊ねしたいことが……」

松助はそう言いながら廊下を曲がったが、すぐに立ち止まった。

「……あれ、おかしいな」

「若旦那、どうしたんですかい」

追いついた念次郎は、廊下の角から首だけ伸ばしてその先を覗き込んだ。

「あ、あれ？」

そこは六畳ほどの広さの板の間だった。壁で囲まれていて、念次郎たちがいる廊下から出入りするしかない場所になっている。

「何のためにこんな所を作ったんだ……」

念次郎は呟きながらきょろきょろと周りの壁を見た。

「造りからすると、ここには店の出入り口がありそうなものだけどなあ。戸口がそっちで……」

念次郎は右側の壁を指しながら言い、次に左の方へ指先を向けた。

「……こっちは料理を作る板場とか、膳や皿などを仕舞《しま》う場所とか、店の人が使う部屋になっていると思うんですよね」

「しかし、壁しかありませんよ」

「まったく不思議だ」

「とにかく戻りましょうか」

松助が空き部屋から念次郎のいる廊下に戻ってきた。しかしまた「あれ？」と言って足を止めた。目を向けているのは念次郎の背後だ。あまり物事に動じない呑気な松助が、驚いた様子で口をぽかんと開けている。

今度は何だ、と思いながら念次郎は恐る恐る振り返った。

「ううっ」

意外な物が目に入り、念次郎は唸り声を上げた。広めの廊下の壁寄りの場所に、梯《はし》子段《ごだん》があったのだ。

「わ、若旦那……あっしが修業した親方の家の梯子段は、わずか半間の幅で二階まで上がらなくちゃならなかったから、もの凄《すご》く急だったんですけどね。それに比べると、この料理屋の梯子段はもの凄くなだらかだ。料理の載った膳を運ばなきゃならないし、酔ったお客も使うからそうなっているのでしょうが、いやあ、びっくりだ」

「念次郎さん……驚くのはそこじゃありませんよ。つい先ほど私たちが廊下を通った時には、あの梯子段はなかったんです。ちょっと目を離した隙に現れたんですよ。そこに驚いてくれないと」

「分かってますよ。だけど怖いじゃありませんか。それで、少しでも気を紛《まぎ》らわそうと思って……」

「お気持ちは分かります。ですが、それでどうなるものでもないでしょう」

念次郎は梯子段を見据《みす》えたまま、ふう、と大きく息を吐《は》いた。顔をしかめているのが薄暗い中でも分かった。

「……念次郎さん。これからどうしましょうか」

「どうって……二階へ上がるしかないでしょう。もしかしたら誰かいるかもしれない。案外と、大勢で宴会をしていたりして」

声や物音がまったく聞こえないので考えられないが、やはり気を紛らわせるために念次郎はわざと明るい口調で言った。

「若旦那、とりあえず行ってみようじゃありませんか」

「そうしたいのは山々ですけどね……私は、二階は駄目《だめ》なのですよ」

松助は巾着袋を再び懐から出した。

「私には、子供の頃から叔父に言い聞かされてきた決まり事が五つあるのですよ。そのうちの二つはすでに言ったように、『この巾着袋を肌身離さず持っていること』と『火の元には気をつけること』です。そして三つ目は、『二階へは上がるな』ってことでしてね」

「い、いや、いくらなんでもそれは無理なのではありませんかい。こういう料理屋は二階の座敷で食わせる所も多いし、女郎屋なんかも……」

そこまで言いかけて念次郎は言葉を止めた。松助とは何度も飲み歩いているが、そういえば二階に上がったことはなかった。たいていは店が一階にしかない居酒屋のような所で飲むし、たまに大きな料理屋に行っても必ず一階の部屋に入るようにしている。この場所に来る前にいた千石屋でも、松助はわざわざそのように店の者に頼んでいた。

一緒に女を買いに行ったことはないから女郎屋については知らないが、確かに念次郎は、松助が二階にいるところを見た覚えがなかった。

「まさか若旦那、生まれてから一度も二階に上がったことがないんですかい」

「さすがにそんなことはありませんよ。表通りに面したうちの店にも二階がありますからね。でも、一人では上がりません。どうしても二階に用がある時は、必ず叔父さんか番頭さんと一緒に行きます。そうするように言われていますのでね。面倒臭い決まりだとは思いますが、言い付けを守ってさえいれば、叔父さんはうるさいことを一切言いません。こうして念次郎さんと飲み歩いていても嫌な顔一つしないし、それどころか小遣《こづか》いまでくれます。言い付けを守るように念を押した上でのことですけど」

「あのう、若旦那。確か決まり事は五つって言いましたよね。残りの二つはどんなものなんですかい」

「四つ目は『京橋《きようばし》より南に行くな』ってことですよ。深川に住んでいる人間なので、今のところ不便はありません。それから五つ目は、これは最近になって付け加えられたものですが、『暮れから春にかけては飲み歩くな』ってことです」

言われてみるとその時期は若旦那と飲みに行かなかった。

「ううん……よく分からねえ決まり事だ。いや、もちろん他所様《よそさま》の家のことに口出しするつもりは毛頭ないんですけどね。しかし今は、二階へ行くしかないと思いますけどねえ」

「庭から店の外へ出るのはどうでしょうかね。もしかしたらここは料理屋の離れみたいな所で、庭から出入りするようになっているかもしれませんよ」

「に、庭ですかい」

念次郎が顔をしかめた。まっすぐ部屋を通り抜けたのに元の座敷に戻ったり、縁側と廊下が反対になったり、梯子段がいきなり現れたりと、ここへ来てから考えられないようなことが次々に起こっている。念次郎は、それらと同じくらいあの庭も奇妙だと感じていた。どこがどうとは言えないが……。

「……ねえ若旦那。あの庭、怖くはありませんかい」

「ただ暗いだけだと思いますよ」

「まあ、そうなんですけどね。でも……ああっ、だからですよ」

庭を眺めた時、どこか腑に落ちない点があるような気がしたが、それが何であるのか分かった。

「真っ暗だったんだ。だから妙だと思ったのか」

「夜なのだから暗いのは当たり前でしょう」

「若旦那、忘れたんですかい。あっしたち二人は、中秋の名月を眺めながら一杯やろうということで、出歩いていたんですぜ」

満月なので提灯《ちょうちん》を持たなくても十分に明るかった。この料理屋で目覚める前にいた千石屋では、実際に月を眺めつつ酒を飲んだ覚えがある。

「知らないうちに雲が出たんじゃないでしょうかね」

「それにしてはあまりにも暗すぎるんじゃないかと……」

「きっと月の光も漏らさぬほどの分厚い雲なのでしょう」

そうなのだろうか。どうも釈然としない。決してあり得ぬ話ではないが、なるべく庭は避けたい。

「どうしても駄目なら仕方がない、庭から出ていくことも考えましょう。でも、もしかしたら二階に誰かいるかもしれませんから、あっしが見てきますよ。若旦那は下で待っていてください」

「いや、なるべく一緒にいた方がいいのではありませんか。さっきから不思議なことが起きていますからね。お互いに迷子になって、そのまま離れ離れになってしまうかもしれませんよ」

のんびり屋の松助も、さすがにここが奇妙な場所だとは分かっていたようだ。

「しかし若旦那は二階に上がれないのでございましょう」

「その通りではあるのですが……」

松助は腕を組んで考え込んだ。眉根《まゆね》に皺《しわ》が寄っている。かなり迷っているようだ。

「他の二つの言い付けと同様に、まだ叔父さんから詳しく教えられていないので、どうして二階に上がってはいけないのか知らないのですよ。でも五つ目の決まり事と違い、これは幼い頃から聞かされてきたことなので、多分、危ないからなのだと思います。そうなると、私はもう大人《おとな》なのだから二階に上がっても構わないかと……」

「いずれ若旦那が松葉屋を継いだら、付き合いでどうしても二階で飲み食いすることがあるでしょうしね。それに今は、あっしが一緒なのだから何も心配することはありません。それでは、二階へ行ってみるとしましょうか」

庭に行くことが避けられたので、念次郎は少しほっとした。しかし庭よりはましというだけで、二階も十分に気味が悪く感じている。

気を引き締めて上がるぞ、と念次郎は梯子段を睨《にら》みつけた。

二

二階の造りも、鰻《うなぎ》の寝床のようだった一階と変わらなかった。長い廊下の片側に襖が並んでいる。少し違うのは、一階では行き止まりになっていた廊下の端に板の引戸があることだけだ。梯子段を上がってすぐの場所である。

念次郎はまず、その板戸をそっと開けて中を覗いてみた。幅が一間、奥行きが二間ほどの狭い板の間だった。窓がないところを見ると納戸として使われている部屋だと思われるが、今は何も置かれていない。

「念次郎さん……気づいていますか」

板戸を閉めていると、後ろにいる松助が訊いてきた。

「何がですかい」

「二階の廊下には、一階と同じように行灯が置かれてはいません。それなのに明るいのです。もちろん薄暗くはありますが、歩くのに困らないくらいには見えます」

「ああ、確かに……」

そういえば板戸の向こう側も、窓や行灯がないのに中の様子が見えた。

「なぜかと言うと、一番向こうの部屋の襖が開いているからなのですよ。そこから漏れる光で見えるのです。しかし……念次郎さん。あの光、おかしくありませんか」

念次郎は振り返り、廊下の反対側の端へと目を向けた。

松助の言うように一番端にある襖がわずかに開いていて、そこから出ている白い光が廊下を照らしている。

「わ、若旦那、あれは行灯や蠟燭《ろうそく》の明かりではなくて……」

日の光だ。それも夜が明けたばかりという感じではなく、昼くらいの光に見える。

庭を見た時には、外は真っ暗だった。それから少ししか経《た》っていない。あり得ないことである。

「若旦那……どうしましょうか」

「行ってみるべきでしょうねえ。誰かいるかもしれません」

「まあ当然そうなりますけど、なんか嫌だなあ」

明るくなったのだから安心、とはならない。むしろ薄気味悪さが増した。

だが、二階に上がろうと言い出したのは自分である。若旦那は、初めは乗り気ではなかった。さすがにここは若旦那を先に行かせることはできない。

念次郎は観念し、前に立って廊下を進んだ。

あっという間に反対側の端に着いた。わずかに開いている襖の手前で、ふうっ、と大きく息を吐き出す。それからゆっくりと首だけ伸ばし、念次郎は襖の横から向こう側を覗いた。

「……誰もいませんぜ」

特に何と言うこともない座敷だった。物は何も置かれていない。すっきりしている。

正面は障子窓だ。閉まってはいるが、外が明るいのは分かる。薄く雲が出ているのか、あるいは砂埃《すなぼこり》などで霞がかかっているのか、日差しは決して強くない。しかし朝という感じではなかった。

「と、とりあえず他の部屋を調べましょうよ。誰かいるかもしれない」

障子を開けて外を見るのは怖く感じたので、念次郎はそう提案してみた。

「ふうむ……そうしましょうか」

松助が頷《うなず》いたので、念次郎はほっとしながら隣の部屋との間を仕切っている襖に近づいた。

そっと開けて向こう側を覗く。誰もいないし、何も置かれていない。三面が襖で、片側に障子窓がある部屋だ。今開けた襖以外はすべて閉まっている。

念次郎は部屋に足を踏み入れ、正面にある襖の前に立った。

やはりそっと開けて覗き込む。まったく同じ作りの部屋だった。人の姿や置かれている物がないのも同様である。念次郎は部屋に入り、まっすぐに正面の襖へ向かった。

「廊下の長さからすると、次の部屋が端になるかな……」

引手に指を掛けながら念次郎はそう呟いたが、自身の言葉を信用していなかった。ここはひねくれた場所だと思っている。どうだか分かったものではない。

「うおっ」

襖を開けた念次郎は声を上げた。正面に床の間があったのだ。つまりここは端の部屋である。本来は当然のことなのだが、驚いてしまった。

しかもそれだけではない。部屋には布団《ふとん》が敷かれていた。残念ながら人は寝ていなかったが、つい今しがた抜け出たかのように乱れている。

「わ、若旦那。こんな所に布団が」

「こういう料理屋だと、女の人を呼んで酌をさせ、その後で一緒の布団に……みたいなことがあるのでしょうね」

「そ、それは羨《うらや》ましい。あっしは安い女郎屋にしか……ああいや、今はそんなことを言っている時ではなかった。若旦那、ここに誰かいたってことですよ」

「だけど二階には誰もいないみたいですよ。ひと回りしたわけですから」

「そ、そうか……」

行き詰まってしまった。こうなるともう、松助が言った「庭から店の外へ出る」しか打つ手はなさそうだ。気味悪く感じるが仕方あるまい。

「若旦那、一階に下りましょうか」

「そうですねえ……ああ、でもせっかく布団が敷いてあるのだから、ひと眠りしていきましょうか」

「わ、若旦那……それはいくらなんでも呑気すぎやしませんかい」

「さすがに冗談ですよ」

「ああ、よかった」

念次郎は胸を撫《な》で下ろした。松助のことだから本気で言っているのかと思った。

「それはそうと、布団があることの他にも、この部屋には気になる所があるのです」

松助はそう言うと床の間を指差した。

「掛け軸がないのですよ。掛けられていそうな場所がぽっかり空いています」

念次郎は床の間へ目をやった。確かにその通りだった。

「でも、代わりに本物の花が飾ってありますよ」

白っぽい花の付いた木の枝が挿《さ》された壺《つぼ》が置かれている。

「実は掛け軸がないことよりも、そっちの方が気になっているのですよ。その花、桜ではありませんか」

「は？」

だとしたら、これもまた奇妙なことになる。念次郎たちは中秋の名月を眺めるという名目で飲み歩いていたのだから。

「ち、違う花ではありませんかい。あるいは秋に咲く桜とか。寒桜なんてのがあるんだから、今頃の時季に花を付ける桜があってもおかしくはない」

「だけど、春に見たことがある花のように思えるのですよ」

「いやあ、そんなはずはありませんって」

念次郎は壺に近づき、跪《ひざまず》いて花に顔を寄せた。

「……あれ、あっしも見たことがあるかも」

壺から枝を引き抜き、まじまじと眺めてみた。花に詳しくないので自信はないが、松助の言うように、春に咲く桜のような気がする。

だが、それなら一大事である。一階は夜だったのに二階は昼になっている、と驚いていたが、昼夜どころか季節まで変わっているのだ。

「あっしたちが迷い込んだのは、いったいどこで、いつなんでしょうかねえ……」

念次郎は顔をしかめながら枝を戻そうとした。しかし壺に挿す前に、頭に何かがコツンと当たった。

「痛っ」

壺の横に細長い箱が落ちる。どうやらそれが落ちてきたようだ。

念次郎は頭をさすりながら上を見た。床の間には棚が設《しつら》えられていたが、少し離れている。真上には天井しかない。

「若旦那、からかわないでくださいよ」

念次郎は笑いながら箱を拾い上げた。松助が悪戯《いたずら》をしたと思ったのである。そうでなければ虚空から箱が現れたことになってしまう。

「……若旦那、箱なんていったいどこから出したんですかい」

念次郎は枝と箱を手にしたまま振り返った。

「……若旦那？」

松助の姿が消えていた。一階と違い、襖は念次郎が開け放った時のままになっている。だから反対側の端の部屋まで見通せたが、目に入る所に松助はいなかった。

「若旦那、分かりましたから、からかうのはやめてください」

廊下側の襖を開ける音はしなかった。通り抜けた部屋を戻るにしても、早足だとどうしても足音が立つ。忍び足で向こうの部屋までたどり着けるほどの間はなかった。そうなると、襖の陰に隠れているに違いない。そうに決まっている。

念次郎は床の間の前を離れ、隣の部屋との間を仕切っている襖の裏側を覗き込んだ。松助はいなかった。

次の部屋へ行く。やはり襖の裏側に松助の姿はない。

その次が最後の、端の部屋である。さすがにここにはいるだろうと思いながら、念次郎は足を踏み入れた。

「若旦那、ただでさえ怖いんだから、妙な悪戯はよして……」

襖の陰には誰もいなかった。

ただし、部屋の様子が少し変わっていた。他の部屋と同様に、廊下側の襖が閉まっていたのである。そこは初めから開いていたし、部屋に入った後もそのままだったはずだ。

「ははあ。若旦那、そこから出たんですね」

足音を立てずにここまで素早く進んだようだ。見事としか言いようがない。

念次郎は廊下側の襖に近づき、開けようと腕を伸ばした。

だが、引手に指が届く前にその腕を止めた。嫌な臭いが鼻を突いたからである。何かが焦《こ》げているような臭いだった。

通り抜けてきた部屋の方へ目を向ける。上の方が白く煙《けむ》っていた。

「わ、若旦那。火事、火事ですよっ」

これは一大事である。念次郎は廊下に出るのはやめて、慌てて引き返した。

途中の部屋には火の気がなかった。そのまま床の間のある部屋まで来てしまったが、やはり何も燃えてはいなかった。

だが、煙は濃くなっているように感じられる。

念次郎は周りを漂う煙の流れを見た。どうやら廊下から入ってきているようだった。閉じている襖の隙間からだ。火の元は廊下か、あるいは一階らしい。

「若旦那っ。火事ですよっ」

松助が廊下にいるなら、この煙に気づいているはずだ。何も動きがないのはおかしい。だからと言って松助が自分を置いて逃げてしまった、などということは考えられない。松助はそんな薄情な男ではない。

それなら多分、廊下の端にあった納戸に隠れているに違いない。

念次郎は廊下側の襖を開け、再び大きな声で「若旦那っ」と叫ぼうとした。

しかし、それは声にならなかった。襖を開けた時に大量の煙が部屋に入ってきたからである。叫ぼうとした念次郎は、その煙を思い切り吸ってしまったのだ。

ふっ、と目の前が暗くなり、念次郎はその場に昏倒《こんとう》した。

三

「……ちょっと、こんな所で寝ていると風邪《かぜ》をひきますよ」

声を掛けられて念次郎は目を覚ました。

「わ、若旦那っ」

大声で叫び、慌てて体を起こす。

顔に日の光が直に当たった。あまりの眩《まぶ》しさに目を細める。外で寝ていたらしい。お天道様が低い場所にあるので、今はまだ朝のようだ。

「はいはい。何でございましょう」

念次郎を起こした男が少し嬉《うれ》しそうな声で返事をした。その顔を見た念次郎は再び叫んだ。

「ち、違う。若旦那はこんな間抜け面じゃねえっ」

同じくらいの年の若者であるが、松助ではない。

「せっかく起こしてあげたのに、いきなり悪口でございますか」

男が不満そうに口を尖《とが》らせた。

「す、すまねえ。ええと、お前さんは……」

千石屋で働いている男だ。昨晩も松助と飲みに入った際に顔を合わせている。

「……円九郎《えんくろう》さん、だったかな」

「ええ、その通りでございますよ。あなたは念次郎さんでしたね。昨夜はどうも」

「間抜け面なんて言って悪かった。だけどお前さんは、若旦那と呼ばれる人間ではないだろう」

「ふふん、そう思いますでしょう。ところが違うのでございますよ。私はね、ちょいとわけがあって今は千石屋の下働きに身をやつしていますが、その正体は、なんと松田町《まつだちょう》の紙問屋、安積屋《あづみや》の若旦那なのでございます。で、そのわけというのが……」

「うん、悪いが後にしてくれ」

念次郎は広げた手を前に出して、言葉を続けようとする円九郎を制した。今はそんな話を聞いている場合ではない。ここはどこで、松助はどうしたのか。まずそれを知りたい。

　周りを見回してみる。どこであるのかすぐには分からなかったが、やがて千石屋の脇にある路地にいるのだと気づいた。狭いので滅多《めった》に人が通らない場所だ。だから今も念次郎と円九郎の他に人の姿はない。もちろん松助の姿も目に入らなかった。

「……円九郎さん、昨日あっしと一緒にいた若旦那がどこに行ったか知らないかい」

「松葉屋の松助さんでございますか。さて、分かりませんね。私が今、表を掃《は》こうと思って店から出たら、念次郎さんが一人で寝ていたのです。松助さんの姿はありませんでしたよ」

「ふうん」

　それなら松葉屋へ帰ったのだろうか。自分をここに置いたままで。

「……そんな冷たい人じゃないんだけどな」

「酔っ払った念次郎さんがどうしても起きないから、仕方なく一人でお帰りになったんじゃありませんかね」

「そうかなあ」

　松助の人柄を考えると釈然としないが、無事であるならそれでも構わない。

「円九郎さん、もう一つ訊ねるけど……火事なんて起きてないよな」

「縁起でもないこと言わないでください。火事があったらこんなにのんびりしていませんよ」

「まあ、そうだよな」

念次郎は改めて周りを見回してみたが、円九郎の言うように火事があった気配はなかった。

つまりあの奇妙な料理屋は夢だったのだ。自分は千石屋を出た後ですぐに寝込んでしまい、呆《あき》れた松助はそのまま松葉屋に帰ってしまった。それだけのことらしい。

念のため、松葉屋に寄って若旦那の顔を見てから自分の長屋に帰ろう。念次郎はそう考えながら立ち上がろうとした。

体を支えるために左手を横の地面に下ろす。その手が何かに触れた。

「あれ？」

見下ろすと細長い箱が転がっていた。見覚えがある。あの奇妙な料理屋の二階にいた時に、頭の上に落ちてきた箱だ。そういえばまだ何となく箱が当たった所に痛みがある。

まさか……と思いながら念次郎は体の右側も見た。こちらには木の枝が落ちていた。白っぽい花を付けている。あの二階の床の間の壺に挿してあった枝だ。

「え、円九郎さん。これ、桜だよな。春に咲くやつ」

「念次郎さん、今は秋ですよ。昨日の晩、念次郎さんもうちの店から眺めたでしょう。中秋の名月ってやつを」

「そ、そうなんだが……だけどその後で変な料理屋に行ったんだよ。そうしたら月が消えてて、まっすぐ歩いたのに元の部屋に戻ってて、夜だと思ったら昼で、秋だと思ったら春だったんだ」

自分でも支離滅裂なことを言っているとは思う。だが事実だから仕方がない。

「それで二階にいたら火事になって、若旦那が消えてしまって……」

「はいはい。そんな夢を見たって話でございますね」

「しかし、この桜が……」

念次郎は枝を拾い上げて円九郎の顔の前に突き出した。

「ほら、秋なのに花が咲いている」

「きっと今頃の時季に咲く桜なんでしょう」

「それならそれで結構だが……」

おかしいのはこの枝や箱が自分の手元に残っていることだ。あれは夢ではなかったのか。

「それより念次郎さん、私の話の続きをいたしましょう。聞くも涙、語るも涙のお話でございますよ。安積屋という大きな紙問屋の若旦那である私が、どうして千石屋で働いているかというと……」

「放蕩《ほうとう》が過ぎて勘当《かんどう》されたからだよ」

突然、横から声が聞こえた。

驚いてそちらへ顔を向けると、路地の入り口の所に人が立っていた。仕立ての良い着物を身につけた年寄りだ。

「円九郎の話はそれだけで終わりだ。わざわざ聞くほどの中身はないよ」

老人が路地に入ってきた。途端に円九郎の背筋がぴしっと伸びた。

「こ、これはご隠居様。おはようございます」

「うむ、おはよう。お前のことだからまだ寝ているかと思ったが、ちゃんと起きていたか。怠《なま》け癖《ぐせ》も少しは治ったようだな」

「は、はい。ご隠居様のお蔭《かげ》でございます」

円九郎はかなり畏《かしこ》まっている。金持ちそうに見えるので、千石屋のお得意様といったところだろうか。そう思いながら眺めていると、老人が念次郎の方へ顔を向けた。

「儂《わし》は清左衛門《せいざえもん》という者だ。木場《きば》で材木屋をやっている鳴海屋《なるみや》という店の隠居でね」

「は、はあ」

少し驚いた。鳴海屋といえば念次郎でも耳にしたことのある、江戸屈指と言ってもいいほどの大店である。

「それから儂はね。円九郎の後見人とでも言うのかな。この男の勘当を解くかどうかは儂が決めることになっているんだよ。それで、たまに千石屋に様子を見に来るんだ」

「な、なるほど」

円九郎にとっては店の得意客以上の人のようだ。背筋が伸びるのも無理はない。

「それで、お前さんの持っている桜だが……」

清左衛門の目が念次郎の手元に移った。

「……うむ、間違いなく大島桜だね。花を付けるのは春だ。決して珍しい桜ではないから、お前さんも見たことがあるだろう」

「は、はい。確かに」

謎の料理屋で思った通りだった。やはり春に見たことのある桜だった。

「わりと早く大きくなる木だし、目も細かいので材木として悪くはない。だから柱などにも使われるが、どちらかというと煙草入れや小箱、茶筒などの細工物でよく見るかな。他だと版木だろうね。これは山桜が多いのだが、大島桜も使われるよ」

「さ、左様でございますか」

さすが材木商の隠居だ。木に詳しい。

「しかし世の人々の間では、葉の方がお馴染《なじ》みかもしれないね。桜餅《さくらもち》を巻くのに使われているのは、塩漬けにした大島桜の葉なんだ。だが、それは儂にはどうでもいいかな」

「は、はあ」

清左衛門は葉っぱにはあまり興味がないらしい。

「それにしても、なぜ今頃の時季に大島桜の花が咲いているのかが不思議だ。陽気がおかしい時に季節を違《たが》えて咲くこともたまにあるが、近頃はそうではなかったしね。ところでお前さんは、ええと……」

どうやら老人は自分の名を訊いているようだ。

「念次郎と申します。筆を作っていますが、まだ半人前で……」

「ふむ。それで念次郎、そちらの桐《きり》の箱の方には何が入っているのかね」

清左衛門は念次郎の脇に落ちている細長い箱に目を向けた。わざわざ桐と言うところもさすが材木商の隠居だ。きっとその中にも別の枝か、何か木に関わる物が入っているのではないか、と期待しているに違いない。

「いえ、あっしもまだ中は見ていないので……」

できれば老人の期待に沿う物が入っていればいいが、と思いながら念次郎は箱に手を伸ばした。蓋《ふた》に結んである紐を外す。

「ええと、中身は……」

蓋を持ち上げると筒のような物が納まっていた。掛け軸のようだ。

「ふむ、まあそんなところだろうとは思っていたよ」

清左衛門が明らかにがっかりした声で言った。興味はないらしい。期待外れで申しわけない、と念次郎も少し気落ちした。

「あっ、でも名のある書家や絵師の手による素晴らしい物かも……」

念次郎は掛け軸を手に取ろうとしたが、清左衛門はそれを止めた。

「いや、外で広げる物ではないからね。後でいいよ。それより大島桜の枝をよく見せてくれないかな」

たとえ値の張るような立派な掛け軸であったとしても、この老人にとっては木の枝の方が上なのだろう。念次郎は感心しながら桜の枝を清左衛門に見せた。

老人が掛け軸に興味を持たなくて良かったかもしれない。松助が松葉屋に帰っているか心配だから、様子を見に行かねばならない。余計な手間を取られずに済んだ。

「うむ、間違いなく大島桜だ。これをどこで手に入れたのか詳しく教えてくれないかね」

清左衛門が目を輝かせながら念次郎に訊ねた。

念次郎は困った。答えようがない。こちらが知りたいくらいなのだ。

「いや、その……あっしはこれから行く所があるもので……」

「ここから遠いのかね」

「佐賀町にある松葉屋という店に用がございまして」

「なんだ、すぐ近くじゃないか。それなら儂も一緒に行こう。その途中で話を聞かせてもらうから」

「いえ、実は、その……」

あのわけの分からない奇妙な料理屋の話を聞かせていいものだろうか。ますます困った念次郎は、救いを求める目を円九郎へ向けた。するとこの紙問屋を勘当された放蕩息子は、任せておけ、という風に大きく頷いてから、清左衛門に話しかけた。

「こちらの念次郎さんは昨夜、かなり酔っ払ったみたいでございまして。ですから聞くだけ無駄《むだ》です。荒唐無稽《こうとうむけい》な、くだらない話しかできません」

「それでもお前の話よりは面白いだろう。ぜひ聞かせてもらうよ」

円九郎はすごすごと後ろに下がった。役立たずだ。

「ああ、そうだ。円九郎、千石屋から箱か行李《こうり》のような物を持ってきてくれないか。桜の枝を手に持って歩くのも変だからね。掛け軸の箱もあることだし、何か入れ物が欲しい」

「は、はあ。その枝を入れるとなると少し大きめの物になりますね。皿や椀《わん》を仕舞っている箱ならたくさんありますが、ちょうどいいのとなると……」

「お前の着替えなどが入っている行李があるだろう。中身を出して持ってきなさい」

「そ、それに枝を入れるのでございますか」

円九郎は目を丸くした。

「担《かつ》いだ方が楽だから、紐か、あるいは大きめの風呂敷も欲しいな。もちろんお前が担いで行くんだぞ、円九郎」

「ご、ご隠居様。私は千石屋での仕事がありますので、一緒に行くのは……」

「お前は料理の仕入れや仕込みをするわけじゃないんだから、いなくても差し支えあるまい。儂のお供を命じられたと言えば文句も出ないだろう」

「は、はい……」

円九郎は渋い顔で頷いた。

「儂らは先に歩いているからね。お前は急いで追いついてくるように」

「わ、分かりました……」

円九郎は千石屋へ戻っていった。

「さて、松葉屋へぶらぶらと向かうとするか。それは儂が持つよ。もっとよく見たいからね」

清左衛門は念次郎の方へ目を戻し、手を差し出してきた。桜の枝を渡せということらしい。たった今「持って歩くのも変だから」と円九郎に言ったのは何だったのか。

「改めて訊くが、お前さんはこれをいったいどこで手に入れたんだね」

枝をじっと見つめたまま清左衛門は歩き始めた。

「は、はあ。その、まったく馬鹿げた話なのですが……」

あの不思議な料理屋の話をこの老人は信じてくれるだろうか。まず無理だろう。おかしな夢を見ただけだと笑われるに決まっている。いやそれどころか、妙なことを言う危ないやつだなんて思われたら嫌だ。

だが事実なのだから仕方がない。正直に話すしかないだろう。

念次郎は顔をしかめながら、のろのろと立ち上がった。

四

「……なるほど、話は分かった。ちょっと待っていなさい」

継右衛門はそう念次郎に言うと、清左衛門に一礼してから部屋を出ていった。

佐賀町にある松葉屋の客間である。念次郎が店の者に、若旦那は帰っているかと訊ねたところ、この部屋に通されたのだ。清左衛門は当たり前のような顔をしてついてきた。円九郎も、鳴海屋のご隠居様の従者でござい、という顔で上がり込んだ。そうして三人で待っていたら、松葉屋の今の主《あるじ》で、松助の叔父の継右衛門が出てきたというわけだ。

松助は松葉屋に戻っていなかったのである。

念次郎は、あの料理屋での出来事を継右衛門に語った。あまりにも荒唐無稽な話なので笑われるか、あるいは若旦那を見失ったことで怒られるのではないかと、びくびくしながら話したのだが、継右衛門は真剣な顔で最後まで聞いていた。それはそれで念次郎は少し戸惑った。

「……そういえば鳴海屋のご隠居さんも、あっしの話を笑いませんでしたね」

継右衛門が出ていった襖をぼんやりと見つめながら、念次郎は清左衛門に訊ねた。

「ああ、儂はその手の話に慣れているからね。それに花の付いた大島桜の枝もある。もっとも、継右衛門さんは枝を見なかったけれどね」

「ええ」

話の中に桜の枝が出たところで、実物を見せようと円九郎が行李に手をかけたが、それには及ばないと継右衛門は止めたのだ。

「まあ信じがたい話ではあるが、お前さんが妙な所に迷い込んだのは本当だろう。少なくとも、よからぬことを考えて何者かと結託《けったく》し、この店の若旦那を拐《かどわ》かした……みたいなことはあるまい」

「そ、それはもう当然でございます」

念次郎は目を丸くしながら何度も首を縦に振った。まさかそんな疑いを持たれるとは思わなかった。しかし松葉屋は大店だから、若旦那が行方《ゆくえ》知れずとなれば、そういう考えが出てくるのは無理のないことなのかもしれない。

「うむ。まあ、それにしては嘘が下手過ぎるし、わざわざ花の付いた大島桜の枝を用意するのも変だ。だから念次郎自身が本当のことだと信じているのは間違いない。儂は疑っていないよ。だが、あの継右衛門さんもあっさり信じたようなのは少し不思議だな。何か心当たりでもあるのか……ああ、心当たりと言えば円九郎、お前は千石屋にいるのだから、あの辺りにある料理屋のことを少しは知っているんじゃないか。念次郎が迷い込んだという店に心当たりはないのかね」

円九郎はすぐに首を振った。

「出入り口がないとか、まっすぐ歩いたのに元の座敷に戻る、みたいなことを差し引いても、そんな料理屋は思い当たりません」

「そうか。まあ、お前の知らない店の方が多いだろうからな」

円九郎に訊くだけ無駄だった、というように清左衛門はため息をついた。この老人は円九郎にはかなり冷たい。

「何にしても心配だからね。いなくなった若旦那を捜《さが》さねばなるまい」

念次郎はうなずいた。当然である。

まずは千石屋の近くにある店を虱潰《しらみつぶ》しに当たってみて……と考えていると、こちらへ近づいてくる足音が聞こえてきた。

再び襖が開き、継右衛門が部屋に入ってくる。

「店の者に松助を捜しに行かせたよ」

継右衛門は腰を下ろしながら念次郎に告げた。

「念次郎さんは仕事があるだろう。後はうちの者に任せて帰りなさい」

「そ、そんな」

念次郎は首を大きく振った。

「あっしも若旦那を捜しますよ」

「いや、あまり大事《おおごと》にはしたくないのでね。松助はきっと、酔っ払ってどこかで寝ているだけだ。だから余計な心配はしなくていい。念次郎さんはまだ駆け出しの職人なのだから、今は仕事をしっかりとやることだよ。腕が未熟なのは周りも承知している。それでもできる限りの力を尽くして、約束の期日までに注文の品をきっちりと仕上げなければ駄目だ。遅れるのが一番まずいね。商人でも職人でも、一番大切なのは信用なのだから。義理を欠くようなことがあってはいけない」

「し、しかし……」

半人前だからこそ仕事には融通が利く。世話になっている親方に頭を下げれば何とかなるはずだ。それよりもむしろ、ここで松助を捜さずに帰ってしまう方がよほど不義理ではないか。

「やはり、あっしも若旦那を……」

「無用だ」

継右衛門は有無を言わさぬ口調でぴしゃりと告げた。これには念次郎も口をつぐむしかなかった。

「それなら鳴海屋の若い衆を出そう。捜す人数は多い方がいい」

清左衛門が口を挟《はさ》んだ。むろんこの老人が大店の材木商、鳴海屋の隠居だということは継右衛門に伝えてある。

「……ご隠居様。ありがたいお言葉でございますが、申し上げたように大事にはしたくありません。お気持ちだけで結構でございます」

「ふむ」

「せっかく足を運んでくださったのですから、ぜひうちの品物を見ていただきたいと存じますが、このような次第でございますので、今日のところはお引き取りくださ
い」

「左様か」

少しは食い下がるかと思ったが、清左衛門はあっさり引き下がった。

「それでは儂らは帰るとしましょう」

清左衛門は念次郎と円九郎に目配せすると立ち上がった。

仕方がない、と念次郎も腰を上げる。円九郎は行李を持たなければならないので、

念次郎が清左衛門より先に行って部屋の襖を開けた。

ところが清左衛門は途中で立ち止まった。

「ああ、忘れていた。松葉屋さんに一つ訊ねたいことがあった。若旦那の松助さんはまだ物心が付く前に父親を亡くされたそうですな。持たされていた袋の中身から考えると、火事で亡くなったようですが……」

「は、はあ。まあそんなところでございます」

「なるほど。それではまた日を改めて寄らせてもらいますよ」

清左衛門は今度こそ部屋を出ていった。

行李を背負った円九郎も襖を通った。最後に念次郎が出たが、その前に継右衛門に向かって深々とお辞儀をした。それから頭を上げると、継右衛門は腕を組み、険しい顔で天井を睨みつけていた。「春を過ぎれば平気だと思っていたが……」と呟いている声が耳に届いた。

念次郎が松葉屋を出ると、清左衛門と円九郎はすでに道の少し先を歩いていた。

自分の長屋がある神田《かんだ》とは反対の方角だったが、念次郎は二人を追いかけた。さすがに何の挨拶《あいさつ》もせずに別れるのは気まずいからだ。

　それにあの桜の枝と掛け軸は円九郎が担いでいる行李に入ったままである。返してもらわないといけない、と思っていると、清左衛門が急に表通りから横道に入った。

　そこは裏長屋の木戸口がある所だった。小便がしたくなって長屋の厠を借りるつもりなのかと考えながら念次郎も小走りで道を曲がった。

「うおっ」

　危うくぶつかりそうになり、思わず声が出た。円九郎が路地を入ってすぐの場所に立っていたのだ。少し奥に行李が置かれ、清左衛門はその脇にいる。

「鳴海屋のご隠居さん、どうかしたんですかい」

　念次郎が訊くと、清左衛門は人差し指を口の前に立てて「静かに」と言いながら手招きした。

「……松葉屋さんは仕事をしろと言っていたが、それでもお前は、消えた若旦那を捜すつもりだろうね」

　近づくと清左衛門は小声でそう訊ねてきた。

　念次郎は大きくうなずいた。当然である。

「うむ。まあ儂でもそうするよ。ただね、闇雲《やみくも》に捜し回っても無駄だと思うんだ。お前が迷い込んだという奇妙な料理屋のことを考えるとね」

「しかし、どこの店だか分からないのだから、手当たり次第に訪ねてみるしかありませんよ」

まずは千石屋の周りの店から始めて、少しずつ松葉屋の方へと向かっていく。それしかあるまい。

「そういうのは松葉屋さんがするのではないかな」

清左衛門はそう言うと、念次郎の背後へ目を向けた。円九郎を見たのだ。

念次郎は振り返った。円九郎は路地の角に隠れるようにして、松葉屋の方を覗いている。何をしているのだろうと思っていると、円九郎が小声で言った。

「あっ、ご隠居様。松葉屋の旦那さんが出てきました。どうやら店の表戸を閉めるみたいですよ」

「ふむ、やはりそうか。継右衛門さんは、大事にはしたくないとか、心配はしなくていいなどと言っていたが、本心は違ったようだ」

清左衛門が頷いている。

念次郎は路地を少し戻り、円九郎の横に立って松葉屋を覗いてみた。継右衛門が自らの手で板戸を嵌《は》め込んでいる。

「他の者はみな出払ったに違いない。多分、女中や小僧も含めてね。継右衛門さんは若旦那捜しの采配《さいはい》を振るために残ると思うが、さすがに店は閉めるのだろう。客の相手などしていられないからね」

清左衛門も念次郎たちのそばに来て松葉屋を覗き始めた。

「夢か現《うつつ》か分からない料理屋の話を、継右衛門さんは真剣な顔で聞いていた。もしかしたら若旦那が消えたことについて何か心当たりがあるのではないか、と思いながら儂は眺めていたんだよ。あの様子だと、継右衛門さんは若旦那の身に何か危ないことが起きていると考えているのかもしれないな」

「そ、それならっ……おっと、いけない」

思わず大きな声が出てしまった。しかし継右衛門はこちらに気づかずに表戸を閉めている。

念次郎はほっとした。多分、継右衛門はその「心当たり」を他の者に知られたくないのだろう。だから念次郎には松助を捜さずに仕事をするように言ったのだ。

「……それなら、あっしもすぐに若旦那を捜しに行きますよ。もちろん、松葉屋の者に見つからないようにしながら」

念次郎が小声で清左衛門に告げると、老人は小さく首を振って行李のそばへ戻っていった。

「いいかね、念次郎。先ほども言ったように、闇雲に捜し回っても無駄だと思うのだよ。そういうのは松葉屋さんの方でやるだろうからね。もちろんそれで若旦那が見つかれば、それに越したことはない。そうなるように祈っているが、どうもね、この件は根が深そうな気がするのだよ。年寄りの勘《かん》だけどね。だから、しっかりと作戦を練るべきだよ」

「しかし、手当たり次第に料理屋を当たっていくより他に手がありませんよ」

「どうかな。もしかしたらこの中に入っている物が手掛かりになるかもしれない」

清左衛門は行李を叩《たた》き、それから蓋に手をかけた。

「まだ掛け軸を詳しく調べていない。それにあの桜の枝も、もっとじっくりと見たいからね」

松葉屋へ向かって歩いている間、清左衛門はずっと桜の枝を眺めていたが、まだ足りないらしい。この老人は、桜の枝を見たいから念次郎を引き留めているのかもしれない。

それでも、清左衛門の言うことは一理ある、と念次郎は思った。桜の枝は分からないが、掛け軸の方は何か手掛かりになることが書かれているかもしれない。

どうせこの老人は桜の枝にしか目を向けないだろう。掛け軸の方は自分が調べるようだな、と念次郎が考えていると、行李の蓋を開けた清左衛門がそのままの姿勢で動かなくなった。

口をあんぐりと開けている。まさか死んじまったか、と焦《あせ》りながら念次郎は清左衛門が息をしているか確かめた。まだ生きていたのでほっとする。

清左衛門は行李の中を見てこうなった。いったい何を見たのだろうと念次郎も目を向けた。

「ああっ」

念次郎も驚いて口を大きく開けた。

桜の枝がなくなっていたからだ。いや、残骸はあった。ぼろぼろの黒い破片や粉が行李の底に溜《た》まっている。炭が崩れたような感じだ。

松葉屋に入る寸前まで間違いなく桜の枝だった。それに行李には燃えた跡がない。不思議である。

念次郎が行李の底を見つめていると、「どうかしましたか」と言いながら円九郎も近寄ってきた。そして行李の中を見て、やはり「ああっ」と叫んで動かなくなった。こちらは多分、着物の替えなどを入れておく行李が汚れたからであろう。

「う……ううう」

三人で呆然《ぼうぜん》と行李を眺めていると、しばらくして清左衛門が唸り声を上げた。悲しそうな声だった。

「ご隠居さん、そう気を落とさないでくださいよ。手掛かりならまだ残っていますから」

掛け軸が入っている箱に変わりはなかった。きっと中身も無事だろう。

「うう、どうせならそっちが炭になってしまえばよかったのに」

「ご隠居さん……」

やはりこの老人は木にしか興味がなかった。思った通りだ。

清左衛門の落胆ぶりは少し目障りだが、とりあえず掛け軸を見ることにして念次郎は箱に手を伸ばした。

紐を解《ほど》き、蓋を外して掛け軸を取り出す。こちらも巻き紐で結んであるので解き、掛け軸を広げた。するとそこには絵が描かれていた。

桜である。満開の桜の木が数本、並んで立っているところが描かれていた。

「ご隠居さん、木ですよ。ほら、見事な桜だ」

「だけど絵だろう」

清左衛門はそう言いながらも掛け軸に目を向けた。一応は見るようだ。

「……ふむ、悪くない。この手の掛け軸にある木は枝を大きく描く場合が多いが、これは全体を描いている。山桜みたいだな。王子《おうじ》の飛鳥山《あすかやま》を描いたものかもしれない。うん、なかなかいい木だ」

　ここで「いい絵」ではなく「いい木」と褒《ほ》めるあたりが清左衛門らしい。

　清左衛門の目が掛け軸の端の方へ移った。そこに書かれている雅号を見ているらしい。念次郎も目を向けてみた。

「ええと……これは、『じごくぼとけどっき』と読むのかな」

　記されている雅号は「地獄仏独鬼」だった。華やかな桜の絵を描いているくせに、おどろおどろしい名である。念次郎はそんな絵師の名を耳にしたことはなかった。

「ご隠居さんは、この絵師のことを知っていますかい」

「いや、まったく聞いたことがない名だ。しかし、儂は絵に詳しくないからね。案外と名の知れた絵師なのかもしれない。やはり詳しい者に訊くべきだろう」

「ああ、それはやるべきでしょうねえ」

　もちろん今は松助を見つけるのが第一である。しかしもし松助の行方が分からなかった時に、掛け軸を調べることでその手掛かりが得られないとも限らない。それに、そもそもこの掛け軸は念次郎の物ではないのだ。いずれは持ち主を捜す必要が出てくる。

「そうなると絵師の仲間とか、地本問屋などの版元に当たるべきかな。それから……ああ、経師屋《きょうじや》もあるな」

掛け軸という形に仕上げるのは経師屋だ。屛風《びょうぶ》や襖なども手掛ける仕事なので、絵師には詳しいだろう。

「うむ。そのあたりに訊ねてみるのは当然だが、その他にも思い当たる者というか、店がある。ちょうどうまい具合に儂がよく知っている者たちがそういう店をやっていてね」

「はあ。それはいったいどういう店でしょうか」

「古道具屋だよ」

「ああ、なるほど」

掛け軸を扱っているだろうし、絵に詳しい好事家《こうずか》も訪れそうだ。古道具屋に訊いてみるのも悪くない手である。

「ところで念次郎、お前はいったいどこに住んでいるんだね」

「あっしですかい。神田横大工町《よこだいくちょう》にある汚《きたね》え裏長屋にいますよ」

「おいおい、そんな所から深川まで飲みに来たのかい。結構離れているよ」

「ええ、まあ」

早足で歩いても半時くらいかかるが、酒のためなら苦にはならない。それに数少ない取引先の店の、若旦那からの誘いだったのだ。どんなに遠くても断るわけがない。

「ふむ。そういうことならね、念次郎。お前がよければの話だが、その古道具屋を根城にして若旦那を捜してみてはどうかね。皆塵堂《かいじんどう》というのだが、同じ深川の亀久町《かめひさちょう》にあるんだよ」

「は、はあ……」

「儂の知り合いの店……いや、そもそもそこは、この儂が家主なんだ。だから何日でも寝泊まりして構わない。儂が許すよ。店主と小僧の、男二人だけでやっている店だから遠慮はいらないしね」

確かに亀久町からだと、松助とはぐれた千石屋の辺りまでは近い。もし松助がなかなか見つからないようなら、その皆塵堂という店に腰を据えて捜す方がよさそうである。

「……でも、松葉屋さんの人たちも総出で捜しているみたいですし、案外とあっさり見つかるかもしれませんよ」

「もちろんそれが一番いい。しかしね、さっきも言ったが、この件は根が深いと思うのだよ。一筋縄ではいかなそうな気がするんだ。だから……もし今日中に松葉屋の若旦那が見つからなければ、明日の晩から皆塵堂に寝泊まりして捜すことにする、というのでどうかな。お前にもいろいろと支度があるに違いないから」

「ううむ」

幸い、急ぎの仕事は入っていない。しかしそれでも、仕事を回してもらっている親方に話を通しておくべきだろう。それから、住んでいる長屋の大家にも伝えておかないと夜逃げしたと思われる。

「そうですね。ご隠居さんの言うように、今日のうちに若旦那が見つからなければ、そのようにさせてもらっても……」

「ちょ、ちょっとお待ちを」

突然、横やりが入った。円九郎が口を挟んだのだ。

「念次郎さん、おやめになった方がいい。あなたは何も知らないから、ありがたい申し出だ、などと思っているかもしれません。だけどそれは大きな間違いです。皆塵堂という店はね、それはもう碌《ろく》でもない所なのです。私はあの店に住み込んでいたことがありますが、短い間とはいえ、どれだけ寿命が縮まったことか。あんな所に泊まるくらいなら、橋の下で寝た方がよほどましです」

円九郎はそこまで喋《しゃべ》ると、ぶるぶるっと身震いをし、それから今度は清左衛門の方へ顔を向けた。

「だいたい、鳴海屋のご隠居様もご隠居様です。皆塵堂のことをよくご存じのはずなのに……」

「ああ、そうそう。思い出したよ。儂は今日お前に用があって、こんな朝っぱらに千石屋まで来たんだった。あのな、円九郎。少し前に、越ヶ谷宿《こしがやしゆく》の旅籠《はたご》で働いている藤《とう》七《しち》という男が江戸に来たことがあっただろう。千石屋に飯を食いに行ったから、お前も知っているはずだ」

「ええ、お会いしました。伯父さんが昔、江戸で借金の取り立て屋をやっていたって人でございましょう。その伯父さんが残した形見の品を元の持ち主に返すために江戸にやってきた人だ。その藤七さんがどうかしましたか」

「料理の修業をするために、再び江戸に出てくるんだよ。こちらでの請人《うけにん》は儂になるからね。滅多な店には勤めさせられない。そこで、千石屋で修業してもらおうと思うんだ」

「よろしいのではありませんか。うちの料理人の麻四郎《あさしろう》さんは人がいいと言うか、とにかく優しいので、修業もし易《やす》いでしょう。だけど、そうなると住み込みになりますね。うちはそれほど大きな料理屋ではないから、部屋が余っているわけでは……」

「だから、代わりにお前が千石屋から出ていくんだよ」

「えっ、しかし、それだと私はいったいどこに……ああ、なるほど」

円九郎の表情がぱあっと明るくなった。

「つまり、いよいよ私の勘当が解けるというわけでございますね。ありがとうございます。この円九郎、これからは安積屋の若旦那として、誠心誠意、努めさせていただき……」

「残念ながら、まだお前の勘当を解くつもりはないよ」

「は、はあ……」

円九郎の表情が一気に暗くなった。

「……それでは、私はいったいどこに行けばよろしいので」

「とりあえず皆塵堂に戻ってもらおうと思っていたのだが、聞いたように、念次郎が寝泊まりすることになるかもしれん。そうなると円九郎は、皆塵堂の隣の米屋に行くことになるかな。もちろん反対に念次郎が米屋で、お前が皆塵堂でも構わない。どうするかね」

「むむっ」

円九郎は険しい顔をして考え込んだ。だがそれは短い間のことで、すぐに円九郎は念次郎へと顔を向けた。

「掛け軸のこともありますし、やはり念次郎さんが皆塵堂に行くのがよろしいでしょう。心配いりません。皆塵堂は素晴らしい店でございますので」

さっきと言っていることが違う。念次郎は不安になった。

「いや、あっしは隣の米屋でもいいが……」

「そりゃ念次郎さんは寝るだけで、朝になれば松葉屋の若旦那を捜しに出ていってしまうのだから、どちらでもいいでしょうよ。だけど私はそこで働かされるんだ。米屋の方が体はきついが、それだけです。しかし皆塵堂は……」

円九郎はまたぶるぶるっと身震いした。皆塵堂という古道具屋には、いったい何があると言うのだろうか。念次郎はますます不安になった。

だが清左衛門という老人は親切そうに思える。何より鳴海屋という立派な店の隠居なのだから、滅多なことはあるまい。

「……よく分からないが、円九郎さんが米屋だと言うなら、あっしは古道具屋の方で構いませんよ」

念次郎は清左衛門にそう告げた。

「ふむ。それではもし今日中に松葉屋の若旦那が見つからなければ、念次郎は皆塵堂に寝泊まりして捜すことにする。そして円九郎は、藤七が江戸に出てきたら速やかに皆塵堂の隣の米屋に移る。そういうことでいいね」

清左衛門が念を押すと、円九郎が「承知いたしました」と答えた。勘当が解かれなかったことで気を落としている様子も見受けられるが、同時に自分が行くのが米屋になったことで、ほっとしているようにも感じられる。よほど皆塵堂に寝泊まりするのが嫌だったようだ。念次郎の不安がぶり返した。

「それでは、あっしは若旦那を捜しに参りますので、掛け軸はご隠居さんにお預けします。ええと、皆塵堂には多分、夕方くらいに顔を出しますので、掛け軸の作者などについてはその時にお伺《うかが》いするということで……」

「何を言っているんだね。今からお前も一緒に皆塵堂に行くんだよ」

「は？」

念次郎は目を丸くした。それよりも松助を捜すのが先ではないだろうか。

「逸《はや》る気持ちも分かる。しかし何度も言っているが、この件は一筋縄ではいかないと感じるんだ。それにお前が思いつくような所はすでに松葉屋の者たちが回っていることだろう。だから儂らはまず腰を落ち着けて、しっかり作戦を練るべきだ。ここはひとまず儂に任せておきなさい」

「は、はあ……」

「鳴海屋の若い衆にも捜させるから、十分に人手は足りる。儂らは、それでも見つからなかった時のことを考えるべきなんだよ。そうなると……円九郎」

「まだ何かあるのでございますか」

汚れてしまった行李を眺めていた円九郎が、のろのろと顔を上げた。

「儂らは先に皆塵堂へ行っているから、お前は急いで太一郎《たいちろう》を呼んできてくれ」

「ええっ、浅草《あさくさ》まで行くのですか」

円九郎はもの凄く嫌そうな顔をした。その太一郎という男は浅草にいるようだ。ここからだと歩いて半時くらいかかるだろうか。そんな顔になるのも無理はない。

「私は、その、千石屋の仕事が……」

「いいかね、円九郎。藤七が江戸に出てくるのがいきなり決まったので、お前はいったん皆塵堂か米屋に移ることになった。しかし、そこでの働き具合によっては、勘当を解くことも……」

「行って参ります」

円九郎は勢いよく走り出した。

「……考えてやらないことはないかな。いや、まだ早いか。やめておこう」

すでに円九郎は遠くに走り去っている。当然、清左衛門の声は届いていない。

「ふむ。慌てん坊だのう。だが、ああやってすぐに動くのはいいことだ。以前のあいつは怠け者だったからな。さて念次郎、儂らは皆塵堂へ向かうことにしよう。ああ、すまないが円九郎のやつが置いていった行李を持ってくれるか」

「は、はあ。あのう……」

念次郎は行李の蓋を閉めながら訊ねた。

「ご隠居さんは、どうして見ず知らずのあっしにそんなに親切にしてくださるので？」

「暇を持て余した年寄りのお節介だ。それに、この時季に咲く大島桜を見せてもらった礼もある。この件を追っていったら、また珍しい木が見られるかもしれんな」

ふふふ、と笑いながら清左衛門は歩き出した。

最後に少し本音が漏れたが、それでも親切な老人なのは間違いないだろう。鳴海屋から人を出してくれるのもありがたい。とりあえずは、この清左衛門に従ってみよう、と念次郎は思った。

消えた長屋

「……ははあ、なるほどねえ。そいつは確かに一筋縄ではいきそうにないな。奇妙な料理屋もそうだし、松葉屋の継右衛門さんとかいう人の様子も少し気になる。鳴海屋のご隠居がここへ連れてきたのも分かるよ」

これまでのいきさつを聞き終えた皆塵堂の店主が、合点がいったという顔で頷《うなず》いた。

伊平次《いへいじ》という名の、四十手前くらいの年の男である。話している間、ぼうっとした顔でずっと煙草《たばこ》を吸っていたので、ちゃんと聞いているのか不安だったが、一応は耳を傾けてくれていたらしい。念次郎はほっとした。

「ええ、それで、こいつを見てもらいたいのですが……」

念次郎は例の掛け軸が入っている箱を伊平次の方へ押しやった。

「……絵師の雅号が記されているので、古道具屋さんなら分かるかもしれないと鳴海屋のご隠居さんがおっしゃったのですが」

その清左衛門は松助を捜《さが》す人手を出すために鳴海屋へ戻っている。だから今、皆塵堂にいるのは念次郎と伊平次、それに峰吉《みねきち》という名の小僧だけだ。

人ではないが、他にもう一匹、白地に茶色のぶち模様の大柄な猫もいた。念次郎たちが話している座敷の床の間でずっと丸くなっている。目をつぶっているので寝ていると思うのだが、たまに耳が動くので、もしかしたら話を聞いているのかもしれない。

「先に言っておくが、俺が見たところで何の足しにもならんよ。残念ながらね」

伊平次はそう言いながら箱の蓋《ふた》を開けた。掛け軸を取り出し、座敷の床に広げる。

「うん、なるほど。やはり何も分からん。知らない絵師だな」

「鳴海屋のご隠居さんもそう言ってましたよ。しかし案外とこういう店なら扱ったことがあるのではないかということで、つれてこられたのですが……」

念次郎は皆塵堂の店土間の方へと目を向けた。

とにかく物が散らかっている店である。出入り口にはたくさんの桶《おけ》や籠《かご》、鍋《なべ》、釜などが積まれている。中に入っても同様で、見通しが悪いことこの上ない。それに下には簪《かんざし》や毛抜きといった、うっかり踏みつけると怪我《けが》をしそうな物が転がっているので危ない。それならば下を見ながら歩けばいいかというと、それは大間違いである。壁際に簞笥《たんす》が並んでいるが、その上に包丁や鉈《なた》といった刃物が載っているのだ。これにもしっかり目を向けて歩かないと大変なことになる。

これだけ物が溢《あふ》れている古道具屋なのだから、当然掛け軸などの絵を扱ったことがあると思うが……。

「……やはり聞いたことがありませんか、地獄仏独鬼という絵師は」

「まあね。それに、そもそも絵師の雅号なんて当てにならんものなんだよ。少し名のある絵師でも、雅号をころころと変える人がいるからな。それにお上や大名に仕えている御用絵師とか、版元から強く推されている絵師を除くと、たいていは貧乏なんだ。だから弟子に自分の雅号を売りつけるやつもいると聞く。草双紙《くさぞうし》の挿絵《さしえ》などを描いて糊口《ここう》を凌《しの》ぐ者もいて、それぞれの本ごとに名を変えたりもする」

「ああ、なるほど」

草双紙の挿絵を描いている絵師、というのはありそうだ。荒唐無稽《こうとうむけい》な化け物退治の話なども多いから、それで地獄仏独鬼なんていう名を付けたのかもしれない。

「そうすると、古道具屋などではなく、絵師とか地本問屋などを当たってみる方がいいのでしょうかね」

「うむ、その方がいい。だが、必ずしもそれで分かるというわけではないぞ。きちんとした師匠について絵を学んだのなら横の繋《つな》がりもあるだろうが、そうではない者もいるからな。道楽で絵を描いていて、ちょっと上手《うま》くできたからと自分で銭を出して掛け軸に仕立てる者もいるだろう。それに……おおい、峰吉。今、うちの店に『ゆうほう先生』の絵はあるかい」

伊平次が小僧に訊《たず》ねた。

店土間を上がってすぐの板の間で汚れた行李《こうり》を拭《ふ》いていた峰吉が面倒臭《くさ》そうに立ち上がった。店土間に下り、乱雑に積まれている古道具の山を掘り起こす。

「これでも売り物なんだから丁寧《ていねい》に扱ってよ」

やがて目当ての物を見つけた峰吉は、念次郎たちがいる座敷に持ってきて伊平次に手渡した。主《あるじ》に対しての口の利き方がぞんざいな小僧である。

峰吉が持ってきたのは、念次郎が持ってきた物と同じくらいの大きさの細長い箱だった。多分、中身は掛け軸であろう。

「不思議と買っていく客がいるからな。気をつけるさ」

そう言いながら伊平次は乱暴な手つきで蓋を外し、中身を出した。

現れたのはやはり掛け軸だった。伊平次はそれを丁寧さの欠片《かけら》も感じられない様子でばっと床に広げた。

「ははあ、猫ですね」

丸まって眠っている猫の絵が描かれている。可愛い、というより、ふてぶてしいといった様子の猫だった。念次郎は絵の良《よ》し悪《あ》しが分かるわけではないが、味があるというか、どこか人を惹《ひ》きつけるところがあると感じた。

「ええと、絵師の名は……これは『じんかい』かな。それとも『ちりあくた』か……」

掛け軸の端に「塵芥鮪峰」と記されている。鮪峰が「ゆうほう」なのは分かっているが、「塵芥」の方はどう読むのだろうか。

「さて、そもそも鮪という字がユウと読むのかどうかも俺は知らない。おおい、峰吉。本人はどう読まれたいんだい」

伊平次がまた小僧へと声をかけた。

「好きなように読んで構わないよ」

板の間に戻った峰吉は面倒臭そうに言うと、また行李を拭き始めた。多分、その板の間は、本来は帳場なのだろうが、ここでは作業場として使われているらしい。

「……ええと、つまりこの絵は、あの小僧が描いたということかな」

そうなると猫は、床の間で寝ているやつに違いない。そう思って見比べてみると、そっくりだった。

「うむ。まだ言ってなかったが、あの猫の名は鮪助《しびすけ》と言うんだ。鮪を助けると書く。もちろん助けたりせず食っちまうけどな」

「なるほど」

猫と小僧の名を取って「鮪峰」というわけだ。「塵芥」の方はこの店の屋号から持ってきたのだろう。

「ところで念次郎、この峰吉が作った掛け軸で他に気づく点はあるかい」

伊平次に訊《き》かれたので、念次郎は絵の周りを指で示した。

「ええと、この……裂《きれ》っていうんですかね。それが、ばらばらですね」

掛け軸というのは一枚の布にぺたりと絵や書が貼られているわけではない。いくつかの裂を組み合わせて作られている。絵や書の上下にあるのが「一文字」と呼ばれる裂で、そのさらに上下に付いているのが「天地」だ。むろん上側が「天」で下側が

「地」である。それから絵や書の横にある裂は「柱」と言われる。さらに、これは表装の形式によってはない物もあるが、一文字と天地の間に「中廻《なかまわ》し」と呼ぶ裂もある。

峰吉作の掛け軸は、それらがすべて別の、違った柄が付いた裂で作られているのである。しかも、あまり綺麗《きれい》な物ではない。

「うちみたいな汚い古道具屋に入ってくる掛け軸なんて、碌《ろく》に値の付かない、どうでもいい物ばかりなんだ。それでもちゃんと形が残っていればいいが、裂が破れている物も平気で交ざってくる。まあ、大半はそうかな。そんなのから、まともな部分を合わせて作り直すんだよ、あの峰吉がね。絵そのものが駄目《だめ》になっている物も多いから、そこも自分で描いてしまう」

「ふうむ」

つまり峰吉は、絵師と経師屋《きょうじや》の二つの仕事をやっているわけだ。絵には味があるし、表装も裂こそばらばらだが、しっかりとしている。器用な小僧だ。

「で、驚くことにこれが結構売れる。知り合いにとんでもない猫好きがいるせいなんだけどな。そいつには同じように猫好きの知り合いがたくさんいるから声をかけてくれるんだ。言っておくが、無理やりではないぞ。みんな喜んで買っていく。それに猫好きではない客の間でもなかなかの評判だ。何でも鮪峰先生の絵を飾ると鼠除《ねずみよ》けになるらしい」

「へえ……」

掛け軸に鮪助のにおいを擦《こす》りつけているのではないだろうか。

「まあ俺が言いたいのは、そんな適当な掛け軸も江戸に出回っているってことだ。だから絵師や地本問屋を回ったところで、必ずしもその独鬼とかいう者が見つかるとは限らない。この独鬼というやつの掛け軸もあまりいい裂を使っていないから、経師屋を回るのも無駄になるかもしれない。もちろん、やらないよりはましだろうけどね」

伊平次はまた乱暴な手つきで峰吉が作った掛け軸を巻き、箱に戻した。

「……だが、昨夜お前さんが迷い込んだという奇妙な料理屋のことを考えると、やはり難しいだろうな。独鬼もそうだが、いなくなった松葉屋の若旦那《わかだんな》を見つけるのもね。鳴海屋のご隠居が『一筋縄ではいかなそうだ』と言ったそうだが、それも分かる」

「それなら、どうすればいいと？」

「お前は朝から何も食っていないのだろう。まずは腹ごしらえをするべきだな」

伊平次は再び作業場へ声をかけた。

「おうい、峰吉。ちょっと裏の長屋の飯炊き婆《ばあ》さんの所へ行ってくれないか。握り飯でも作ってもらおう」

言われた峰吉はぱっと立ち上がると素早く店土間に下りた。そしてまったく足下を見ずにそこを通り抜け、あっという間に戸口の外へ出ていった。

人間業とは思えない、と念次郎は目を瞠《みは》って呆然《ぼうぜん》としてしまったが、そんなことに気を取られている場合ではないとすぐに我に返った。

「伊平次さん……すまないが、のんびりと飯を食っている暇があるなら、さっさと若旦那を捜しに行きたいんだが」

「だから、そういうのは松葉屋の者がやっているだろう。それに鳴海屋のご隠居も動いているのだから、そっちの心配はいらないよ。あの老人は顔が広いからね。多分、鳴海屋の若い衆だけじゃなくて、知り合いの材木屋とか出入りの職人、さらには息のかかった町方のお役人とか岡っ引きなんかにも話を通していると思うぜ」

「は、はあ……」

さすが江戸屈指の大店《おおだな》の隠居だ。ありがたいことである。しかし……。

「……松葉屋の旦那の継右衛門さんは、あまり大事にしたくないって言ってたんですけどね」

「むろんご隠居も口止めはするだろうが、大勢に知れ渡るのは仕方ないな。だが、それで松葉屋の若旦那が無事に戻れば、継右衛門さんも文句は言えまい」

もちろんそれが一番である。この自分だって、仕事をしろと言われたが、聞かずに動いている。もし継右衛門に文句があるなら、それは自分が一手に引き受けよう。念次郎はそう決心した。

「念次郎が捜そうと考えている場所へは、ご隠居が手を回した人たちが行く。だから俺たちは、若旦那がいそうな場所を、別の方から考えていくべきなんだ。ご隠居がお前さんをここへ寄こしたのは、そういうことだと思うぜ」

「ええと……」

念次郎は首をかしげた。よく分からない。掛け軸を描いた絵師については何も分からなかった。その他に、古道具屋で打てる手があるのだろうか。

「うちはさ、夜逃げをした店などからはもちろん、一家心中や、人殺しがあった家とかからでも平気で古道具を引き取ってくるんだ。そうするとね、たまに妙なものが取り憑《つ》いている道具が交ざり込んでくるんだよ。言ってしまうと幽霊なんだけどね」

伊平次は何食わぬ顔でそう言うと、呑気《のんき》に煙草を吸い始めた。

しかし念次郎の方はそうはいかない。「うえぇ」と声を漏《も》らしながら店土間の方を見た。ただ散らかっているだけの店かと思ったが、そんな話を聞くと置かれている古道具が不気味な物に見えてくる。あの円九郎が皆塵堂のことを口にするたびに身震いしたわけが分かった。

「もっとも、俺と峰吉は幽霊を見たことがないけどな。しかし反対に、やたらとその手のものが見えてしまう者もいる。前にここに勤めていた男がそうなんだ。ただ見えるだけじゃなく、場合によってはその幽霊が考えていることや、どうして死んだかということまで分かる。万能ではないみたいだが、なかなか便利なやつだよ。そいつは今、浅草で自分の店をやっている。銀杏屋《いちょうや》という道具屋で……」

「ああ、分かった」

円九郎が呼びに行った人だ。名前は確か……。

「……太助《たすけ》だったかな。いや、峰太《みねた》か」

「うちの猫や小僧が交ざっているぞ。そいつの名は太一郎だよ。一刻も早く若旦那を捜しに行きたいというお前の気持ちも分かるが、まず俺たちがするべきことは、その太一郎にお前さんやこの独鬼の掛け軸を見てもらうことなんだ。多分、お前さんが迷い込んだ料理屋はこの世のものではないからな。鳴海屋のご隠居は、そのためにお前さんをここへ連れてきたんだよ。もちろん、千石屋から近いってのもあるだろうけどね。だから、とりあえずは太一郎がやってくるまで待とう。ご隠居もそのうち戻ってくると思うから、みんなが揃《そろ》うまではのんびり握り飯を食っていてくれ」

「は、はあ」

鳴海屋の隠居でも十分にすごい人なのに、さらにとんでもない者が出てきた。幽霊が見えるというが、本当なのだろうか。

だが、あの奇妙な料理屋の出来事を考えると、その手のことが分かる人に相談するのも悪くはないだろう。

それに「腹が減っては戦《いくさ》ができぬ」と言うから、ありがたく握り飯を食わせてもらおう。そう思った途端《とたん》に、念次郎の腹が、ぐぅ、と鳴った。

二

念次郎が皆塵堂の座敷で握り飯を頰張《ほおば》っていると、ずっと床の間で寝ていた猫の鮪助がやおら立ち上がった。

まずはあくびをしながら伸びをする。丸くなっていても大柄な猫だということは分かったが、こうして体を伸ばしたところを見ると、その大きさにびっくりする。目方もかなりありそうである。

やがて鮪助は、のっしのっしと歩き出した。座敷の床には握り飯がもう一つ置かれていたが、鮪助は目もくれなかった。念次郎という見慣れぬ男に対しても気にしている素振りを見せない。堂々とした足取りで念次郎の前を横切り、店土間の方へ向かっていく。

——あんな猫にじゃれつかれたら、堪《たま》ったものではないな。

念次郎は店の外に消えていく鮪助を見送りながら、口の中の物を飲み込んだ。見知らぬ婆さんが握った塩味だけの握り飯だが、腹が減っていたせいか、かなり美味《うま》く感じられる。

「ふむ、来たか」

少し前に皆塵堂に来て、開け放った障子戸のそばで煙草を吸っていた清左衛門がそう言って立ち上がった。座敷の真ん中の辺りにはまだ独鬼の掛け軸が広げられていたが、清左衛門はそれを端に動かしてから、自分もその横に座り直した。

座敷には伊平次もいるが、こちらはまだぼんやりとした顔で煙草を吸い続けている。

「何が来たんですかい」

念次郎はもう一つの握り飯に手を伸ばしながら清左衛門に訊ねた。鮪助が出ていった後の戸口の向こうには誰の姿もない。

「ああ、それと、ありがとうございました。いろいろと手を回してくださって」

ついでに礼も述べる。伊平次が言っていたように、清左衛門は鳴海屋の若い衆だけでなく、他にも多くの人を動かしてくれたらしい。今、かなり大勢の者が松助を捜して深川の町々を歩き回っている。

さらに清左衛門は松葉屋にも一人、見張りを置いたという。先に松葉屋の者が松助を見つけた時のためだ。さすがは大店を切り盛りしてきた者だけあって、やることに抜かりがない。

「礼ならさっきも言われたよ」

「何度でも繰り返しますよ。多分、これからご隠居さんの顔を見るたびに言います」

「迷惑だからやめてくれ。松葉屋の若旦那が無事に見つかったら、その時にもう一回だけ礼を言ってくれればいい。ただね、それには別の方からも手を回していなければならない。そのための男が来た、ということだよ」

「ふうん」

あいまいな返事をしてから念次郎は握り飯を頬張った。太一郎という人のことに違いない。浅草まで行った円九郎がその男を連れて戻ってくるのは、確かにそろそろだと思う。しかしまだ姿は見えていないし、その気配も感じられない。どうして「来た」と言い切れるのだろうか。

そう思っていると、遠くの方から悲鳴のようなものが聞こえてきた。それがどんどん近づいてくる。いったい何事だ、と目を瞠りながら戸口の方を見ていると、声の主が皆塵堂に走り込んできた。どうやらこれが太一郎のようだ。道具屋の主というから年は伊平次と同じくらいか、少なくとも三十くらいにはなっているだろうと思っていたが、案外と若い男だった。

太一郎は下に落ちている古道具を気にする様子もなく、一気に店土間を駆け抜けた。そして履物《はきもの》を跳ね飛ばして作業場へと上がった。

驚くほどの勢いである。念次郎は感心しながら眺《なが》めていたが、隣の部屋に入ったあたりで太一郎の足下が怪しくなった。体がぐらっと揺れ、前のめりになる。

「ああっ」

念次郎は思わず声を出して腰を浮かした。しかしだからと言ってどうなるものでもない。結局太一郎は、念次郎たちがいる奥の座敷に倒れ込みながら入ってきた。

「……鳴海屋のご隠居様、おはようございます」

太一郎は座敷にうつ伏せになったままで挨拶《あいさつ》した。その背中には鮪助がしがみついていた。

「うむ。おはよう。急に呼び出してすまなかったね、銀杏屋の仕事があるだろうに」

「いえ、構いません。うちには仕事のできる番頭がいますので。ああ、伊平次さんも、おはようございます」

「うん」

三人とも当たり前のように話している。作業場にいる峰吉も、目の前を太一郎が通り過ぎた時に眉《まゆ》一つ動かさなかった。それなのに一人だけ驚いているのは妙かもしれない。念次郎はそう思って座り直した。改めて太一郎という男を眺める。

やはり年はまだ若そうだ。自分と同じか、せいぜい一つか二つ上くらいである。道具屋の主ということだが、風貌だけで考えるとあまり頼りにならなそうな気がする。貫禄という点なら、その背中に乗っている鮪助の方がはるかに上だ。

「ええと、それから……念次郎さんですね。来る途中、円九郎さんからこれまでの話は伺いました」

太一郎が念次郎の方へ顔を向けた。

「ふうむ、なるほど。とんでもない所に連れ込まれたみたいですね。あなたや松葉屋の若旦那の目には見えなかったでしょうが、その料理屋の梯子段《はしごだん》の上に人が倒れています。火事に巻き込まれたんだな。煙を吸ってしまい、気を失ったのでしょう。その後で結局、火に焼かれて亡くなってしまったようです」

「は、はあ……」

「なぜそんな場所に連れ込まれたかというと……目当ては若旦那のようです。たまたま念次郎さんは一緒にいて、とばっちりを受けたみたいだ。若旦那を閉じ込めるために、出入り口は塞《ふさ》がれていますね。それに庭から出ようとしても無駄だ。料理屋の中と同じように、また元の場所に戻ってしまう。二階は……一階と違って昼間ですが、窓を開けても煙で何も見えなかったでしょう」

「ええと……」

太一郎の目は念次郎の額の辺りに注がれている。

まさか自分の頭の中を覗《のぞ》いているのだろうか。それにしては自分が見なかったことまで喋《しゃべ》っている。まったく不思議だ。少し疑っていたが、太一郎の力は本物で間違いあるまい。これは驚くしかない。しかし、それにしても……。

「……あのう、猫をどかしてくれませんかね」

太一郎の背中の上で鮪助が呑気に毛繕《けづくろ》いを始めている。大柄で貫禄があっても、こういう仕草は他の猫と変わらないので可愛い。これが気になって話がよく入ってこなかった。

「鮪助、太一郎の出迎えご苦労だったね。もういいから、お前はどいてくれないか」

清左衛門が声をかけると鮪助は太一郎の背中から下り、床の間へ行って丸くなった。随分《ずいぶん》と聞き分けのいい猫である。まるで人の言葉が分かるみたいだ。

感心していると、「ああ、重かった」と言って太一郎が体を起こした。

「皆塵堂に来るたびにこれでは、体が持ちませんよ」

なるほど、太一郎は毎回鮪助に襲われているようだ。他の者が驚かないわけである。

「私は猫が苦手なんですけどね。どういうわけか、やたらと猫に好かれるんです」

「ふうん、それは厄介《やっかい》だ。ええと、初めまして、太一郎さん。あっしは筆職人の念次郎です。それでですね、松葉屋の若旦那がどこにいるのか教えてほしいのですが」

知りたいのはそれだけである。

「ええと、それがですね……分からないんですよ」

太一郎は申しわけなさそうな顔でそう言うと頭を下げた。

「えっ、だって……太一郎さんはその手のことが見える人だって伊平次さんが」

「万能ではないとも言っただろう」

伊平次が口を挟《はさ》んだ。

「まあそれでも太一郎に頼らざるを得ない。だから、とりあえず分かることだけ教えてくれ」

「ええと、どう話せばいいかな」

太一郎は難しい顔をして首を捻《ひね》った。

「なんか、いろいろなものが捻《ねじ》れてしまっているのですよ。だから私にもうまく見えないのです。『料理屋の造り』も『場所』も、そして『時』までも捻れている。このうち『料理屋の造り』については、若旦那を閉じ込めて、そこで起こった出来事を見せるためですので考えなくていいでしょう。それより、その料理屋のある『場所』が深川かどうか分からないのが困ります。もしかしたら違うかもしれない。それから『時』ですが、夜だったのが昼になったのは小さいことです。それよりもっと大きく捻《ね》じ曲がっている」

「ああ、秋だったのが春になったということじゃな。あの大島桜の枝、もっとよく見ておくべきだった」

清左衛門が名残惜しそうに言った。

「はい。確かに季節が変わっています。しかし、それどころではありません。念次郎さんたちが連れ込まれたのは、かなり昔にあった料理屋だと感じます。火事で焼けてしまい、今はもうないでしょう。だから私には分からないのです。せめて正しい場所だけでもつかめれば何か見えるかもしれませんが……」

太一郎は顔を障子戸の方へ向けた。千石屋がある方角のようだ。

「ううん……」

少しすると太一郎は顔を歪《ゆが》め、顔を念次郎の方へと戻した。

「……力が足りなくて申しわけありません。念次郎さんが迷い込んだ料理屋が、今、この世にはないので見ることができません。しかし、松葉屋の若旦那はこの世の人なのだから、少なくとも体は今も、どこかにあるはずです」

「ちょ、ちょっと……」

念次郎も顔を歪めた。怖いことを言ってくれる。魂の方は分からないということらしい。

「……なあ、太一郎さん。気になったことがあるんで言わせてもらうよ。太一郎さんは俺たちが連れ込まれたとか、目当ては若旦那で俺はとばっちりを受けただけ、なんてことを話している。だけどね、若旦那は人から恨《うら》みを持たれるような人ではないんだ。ましてやあの世の者からなんて……」

「ですから、時が捻れているのです。若旦那本人が何かしたわけではなく、上の代の者が何らかの恨みを買ったのでしょう」

親か、祖父か、あるいはもっと遡《さかのぼ》った先祖のせいということか。

「そう言えば若旦那の父親は、火事で死んだみたいだな……」

松葉屋を出る時に清左衛門が訊ねたら、継右衛門は「まあ、そんなところです」と言っていた。言葉を濁してはいるが、多分、そうなのだろう。

「へえ。そのことは円九郎さんから聞いていないな。松葉屋の若旦那はいつも火難除けの御札《おふだ》を持ち歩いているらしいってことは言ってたけど。それで、どこで亡くなったか分かりますか」

「ああ、いや……」

場所までは教えてもらっていない。松助自身も詳しくは知らない感じだった。

「若旦那の物心が付く前に死んだそうだから……」

「なるほど。まだ幼い時に父親が亡くなったということですね。その頃に火事はありましたでしょうか」

太一郎は清左衛門に向かって訊ねた。

「そりゃあったただろうよ。江戸の町なんて毎年どこかしらで火事が起こっているからね。だが、人が大勢死ぬような大きな火事となると……ちょうど今から二十年前に『車町火事《くるまちちょう》』というのがあったたな」

念次郎と松助がまだ二つの時のことだ。物心は付いていない。

「それは怪しそうですね」

「だが深川の辺りまでは火は回らなかったよ。芝《しば》の車町から火が出てね。増上寺《ぞうじょうじ》の五重塔も燃えた。そこから火事は北へと移っていき、日本橋《にほんばし》や神田、さらには浅草の元《もと》鳥越町《とりこえちょう》の辺りまで焼けた。太一郎も覚えては……ああ、そのころはまだ浅草にいないか。それにお前は、その翌年に永代橋《えいたいばし》が落ちて大騒ぎになったことも忘れていたからな」

「ええ、まあ。その頃は私だって四つとか五つですからね。しかしその車町火事は気になりますね。深川は燃えていなくても、どこか他の町の料理屋にいて巻き込まれたのかもしれません。その火事は、火が出たのは昼間でしょうか」

「うむ。ちょうど昼頃だったと思うよ」

「季節はいつでしょう」

「桜が咲いていたかどうかは覚えていないが、春だったのは確かだな。二月の終わりか、三月の頭だ」
「そうなると月は出ていないか、かなり細いでしょうね」
月の初めの一日（朔日《さくじつ》）が新月だから、そういうことになる。
「ああ、そうだ。思い出した。上巳《じょうし》の節句の頃だったよ」
「桃の節句ですね。それなら三日月になりますが、夜の五つ過ぎには沈んでしまう。
念次郎さんが庭を見た時に暗かったというのも頷けます。それにしても、ご隠居様は
すごいですね。よく覚えておいでだ」
「そりゃあ、ね……」
太一郎に褒《ほ》められた清左衛門は、少しも嬉《うれ》しそうではなかった。それどころか、苦
虫を噛《か》み潰《つぶ》したような顔をしている。
「儂《わし》にとっては二十年前などついこの間みたいなものだしな。しかも……材木屋だと
いうのがある。この商売は大きな火事があると仕事が忙しくなり、ものすごく儲《もう》かる
んだ。だからよく覚えている。まったく因果な商売だと思うよ」
「ああ、何か悪いことを言ってしまったみたいだ。ご隠居様、どうか気になさらない
でください。ええと……」
太一郎は再び念次郎の方を向いた。

「確かなことは言えませんが、その車町火事の時に、若旦那の父親が誰かの恨みを買うようなことをしたのかもしれません。そうなると芝から日本橋、神田の辺りまで捜すのを広げることも考えた方がいい」

「うぇぇ」

いくらなんでも広すぎである。

「もちろん一番怪しいのは千石屋の周りなので、まずはそこから捜していくしかありませんが。それから……」

太一郎は、清左衛門の横に広げてある掛け軸を指差した。

「それは本来なら今の世にあってはいけないものです。もう一つ、桜の枝もあったそうですが、それは消えてしまいましたでしょう。その掛け軸も同じです。いずれは灰になるはずだ。しかし桜の枝と違い、どうして今もまだ残っているのか謎です。絵師の名は……地獄仏独鬼、ですか。聞いたことがありません。しかし何らかの手掛かりにはなりそうです。この掛け軸、特に絵師については調べるべきでしょう……と、今の私に分かるのはせいぜいこの程度です。お役に立てなくて申しわけありません」

太一郎はまた念次郎に向かって頭を下げた。

「よし、それじゃあ、動くとするか」

伊平次が、ぱんっ、と大きく手を叩《たた》いた。

「太一郎は掛け軸を預かって、絵師のことを調べてくれ。ご隠居は自分が手を回した人たちの采配《さいはい》を取る。峰吉は店番だ。そして俺は釣《つ》りに行く。そういうことで構わないかな」

最後にどうでもいいものが入り込んできたが、太一郎と清左衛門は無言で頷いている。構わないらしい。

「それから念次郎は、自分のやるべきことは分かるな」

「ええ、もちろん」

深川の町を回って松助を捜す。それだけだ。

夜は自分の長屋に戻るが、もし今日のうちに松助が見つからなかったら、明日からはこの皆塵堂に腰を据《す》えて捜すことになる。だから大家に話を通しておく。それから世話になっている親方にも話をつけておかねばなるまい。忙しい一日だ。

「……あのう、私はどうすればよろしいでしょう」

念次郎が腰を上げようと足に力を込めた時、急に背後で声がした。驚いて振り向くと、円九郎が隣の部屋で自分の顔を指差していた。

「あ、いたんだ……」

念次郎のみならず、太一郎と伊平次、そして清左衛門までがそう呟《つぶや》いた。

「太一郎さんのすぐ後に入ってきて、それからずっといましたよ」

円九郎は口を尖《とが》らせた。

「さあ、急がないと若旦那の魂がどっかへ行っちまうよ」

ぱんぱん、と伊平次がまた手を叩いた。それに促《うなが》されるように太一郎が立ち上がって掛け軸の方へと寄っていった。

「儂は千石屋に本陣を構えて、松葉屋の若旦那捜しの采配を振る。念次郎はたまに様子を訊きにくるようにな」

清左衛門も立ち上がり、念次郎にそう告げて座敷を出ていった。その後ろ姿を見送ってから伊平次に目を戻すと、釣り竿《ざお》を持って障子戸から庭に出るところだった。

自分も急いで若旦那を捜さねば、と念次郎は腰を上げ、足早に座敷を離れた。店土間に下り、慎重に歩を進めて戸口まで行く。

よかった、怪我せずに出ることができた、と戸口の外でほっと一息ついていると、背後から「私はどうすれば？」という円九郎の声と、「店番代わってよ」という峰吉の声が聞こえてきた。

三

念次郎は一日中深川の町を歩き回ったが、松助は見つからなかった。

たまに千石屋にも顔を出している。しかしいい知らせは入っていなかった。松葉屋もずっと閉め切られたままだという。

「……今日のところは駄目そうかな」

空を見上げながら念次郎は呟いた。とうに日は落ち、東の空に十六夜の月が浮かんでいる。昨日の今頃はあの月を眺めながら若旦那と楽しく飲んでいたのに。そう思うと月に対して腹が立った。顔をしかめながら「ちっ」と月に向かって舌打ちをする。

「月に八つ当たりですかい」

「おおぅ」

いきなり声をかけられたので念次郎は跳び上がった。

「ああ、何だ、円九郎さんか……」

今、念次郎がいるのは千石屋のすぐ脇の路地である。円九郎は皆塵堂の店番を逃れ、千石屋に戻って清左衛門の手伝いをしていたのだ。だからここに円九郎がいても不思議はない。しかし、嫌なところを見られてしまったものである。

「いや、その……別に月が悪いわけじゃないのは分かっているが、何となくね。ところで鳴海屋のご隠居さんはまだいるかな。あっしもそろそろ自分の長屋に戻ろうと思うんで、その前に寄ったんだ」

「続きはまた明日だと言って、つい先ほど帰られましたよ。結局、見つかったという知らせは来ませんでした。まだ捜している人がいるので、采配を振るのはうちの店主の万治郎《まんじろう》さんが引き継いでいます」

「そうか……」

念次郎は、はあ、とため息をついた。大勢の人が捜し回っても駄目なのだ。太一郎の言うように、深川とは別の場所にいるのかもしれない。

「芝の辺りから日本橋や神田にまで捜す所を広げるべきなのかな……」

念次郎が呟くと、その方がいいでしょう、と円九郎が大きく頷いた。

「わざわざ皆塵堂に泊まらなくて済みますから」

「うん？」

「だって、深川を捜すから皆塵堂に寝泊まりすることになったのでしょう」

「あ、そうか」

念次郎の長屋は神田横大工町にある。皆塵堂と比べると、芝へ行くのはそう変わらないし、日本橋や神田なら自分の長屋からの方が近い。

「それに、皆塵堂を訪れてみて分かったと思いますが、あそこはまともな人間が寝泊まりしていい所ではありません。必ず出ますよ、これが」

円九郎は両手を体の前でだらりと下げた。幽霊を表しているようだ。

「悪いことは言いません。おやめなさい。きっと酷《ひど》い目に遭《あ》いますから」

「ううむ……いや」

念次郎は少し考えてから、首を振った。

「決めた通り、あっしは明日の晩から皆塵堂に寝泊まりしますよ。鳴海屋のご隠居さんと繋ぎを取りやすいですからね。それに……若旦那がどんな目に遭っているのか分からないのに、あっしだけがぬくぬくと自分の部屋の布団《ふとん》で寝るのは悪い気がする」

「どうせ煎餅《せんべい》布団でしょう。それに修行中の武芸者じゃないんですから、わざわざ苦難の道を選ぶことはないと思いますけどね。損な性分をしているって人から言われませんかい」

確かに言われたことがある。だが、それは仕方がない。

「まあそんなわけで、明日からは皆塵堂だ。とりあえず今日のところはこれで、あっしは自分の長屋に帰りますよ。円九郎さんにも世話をかけたが、残念ながらまだ終わりじゃない。また明日もよろしくお願いします」

念次郎は頭を下げて、くるりと踵《きびす》を返した。

「ちょ、ちょっとお待ちを」

なぜか円九郎が後ろから念次郎を引き留めた。

「まだ何か用があるんですかい」

「どうです、これから一緒に飲みに行きませんか」

「そりゃあ無理だ。明日も動き回らなければならないのだから、体を休めないと」

念次郎は歩き出した。しかし円九郎はまだしつこく引き留めようとする。

「待ってください。鳴海屋のご隠居様のような年寄りじゃないんだから、私や念次郎さんは一日や二日寝なくても平気ですって」

「だけど、あっしは素寒貧《すかんぴん》ですよ。円九郎さんだって同じでしょう」

大きな紙問屋の倅《せがれ》らしいが、放蕩《ほうとう》が過ぎて今は勘当《かんどう》された身だ。しかもあの清左衛門が後見人として見張っているとなれば、銭を碌に持たされていないに違いない。

「……いつもはそうなんですけどね。今日は懐《ふところ》が温かいのです。うちで料理を作っている麻四郎さんは、人がいい……ああ、いや、いい人なんですよ。越ヶ谷宿の藤七さんと入れ替わりで私が千石屋を出ていくと知って、餞別《せんべつ》をくれたのです。今夜、飲みに行くことも許してくれました。皆塵堂やその隣の米屋で働き始めたら、外に飲みに出るのは無理だろうからと。麻四郎さんも皆塵堂にいたことがあるので、よくご存じなのです」

「よかったじゃないですか。でもあっしは帰りますよ」

「松葉屋の若旦那が消えたのは夜なんですよ。それなら夜の町を捜すべきです。飲み歩きながら捜せばいいではありませんか。それに、もしかしたらまた奇妙な料理屋に迷い込むかもしれません。そうなったら儲けものです。そこに若旦那がいたら、今度は一緒に逃げるのです」

念次郎は歩みを止めた。うまく言いくるめられた気がしなくもないが、円九郎の言うことには一理ある……と思う。

「……そうだな」

「よし、行きましょう。ああ、そのまま歩いていって構いませんよ。飲み屋はあっちです。安いわりにいい酒を飲ませてくれる店を知っているんですよ」

円九郎は念次郎を追い越し、先に立って歩き始めた。軽やかな足取りである。その後ろをついていきながら、はたしてこれでよかったのだろうか、と念次郎は首を傾げた。

目を覚ますと見知らぬ部屋にいた。

念次郎は寝ころんだまま、きょろきょろと目を動かした。残念ながら、あの奇妙な料理屋の座敷ではないようだ。それよりもはるかにみすぼらしい。床は畳《たたみ》ではなく板敷きのままだし、狭い土間もある。

念次郎が暮らしている神田横大工町の裏長屋と似ていた。しかし何一つ物が置かれていないので違うと分かる。さすがに念次郎も布団は持っているし、替えの着物などを入れる行李も部屋にある。居職《いじょく》なので仕事の道具もたくさん置かれている。この部屋にはそれらが一切ない。空っぽだ。

それに、よく見ると広い。念次郎の部屋は九尺二間だが、ここはそれより奥行きがある。多分、九尺三間の部屋だ。

裏口や窓はない。出入りができるのは狭い土間の先にある腰高障子だけだった。朝のようで、その障子の向こう側はうっすらと明るかった。だからこうして部屋の中の様子が分かるのである。もちろんかなり薄暗くはあるが、何もない部屋を見るのには十分だ。

――ええと。

念次郎はゆっくりと体を起こした。

昨夜の出来事を頭に思い浮かべる。円九郎と飲みに行き、まずは小さい居酒屋に入った。そこで店の親父や他の客に松助について訊ねたが、何一つ得られるものはなかった。それで、少し飲み食いしただけで別の居酒屋に移り、同じように訊き回ったが、やはり誰一人として松助らしき者を見た人はいなかった。

――他にも多くの店を回ったが、結局何も分からないまま終わったんだよな。

夜の四つ頃に、さすがに今夜はこれで切り上げよう、となった。福島橋《ふくしまばし》の近くだったから、多分、深川富吉町《とみよしちょう》の辺りだと思う。

円九郎は近くだからいいが、念次郎はそこからはるばる神田まで歩いて帰らなければならない。その前にちょっと小便、と念次郎は円九郎に待ってもらい、一人で居酒屋の脇の狭い路地に入った。

――それからどうしたんだったけ？

裏長屋があれば厠《かわや》を使わせてもらおうと思ったが、その路地は居酒屋やその並びにある店の裏口にしか通じていなかった。仕方がないので念次郎はそこで立小便をした。出し終わったあたりで、ぶるぶるっと体を震わせて……。

そこから先を覚えていない。気づいたらここで寝ていたのだ。

——まさか。

念次郎は自分の股《また》やその下の床を手で探った。よかった、濡れていない。寝小便はしていなかった。やはり立小便をしたのは夢ではなく、本当にあったことだ。

——それで、ここはいったいどこだ？

改めて空っぽの部屋を見回してみる。どこかの裏長屋の、借り手のいない部屋で間違いなさそうだ。そこに自分はぽつりと一人で寝ていた。そうなると多分、円九郎と別れた後でぶらぶらと横大工町に向かっていたが、なぜか途中にある裏長屋の空店《あきだな》に入り込んで、そのまま眠ってしまった、といったところだろう。酔っ払いのすることだから、あり得ないことではない。

——参ったな。

この長屋の大家の許へ謝りに行くべきだろうか。しかしまだ夜が明けて間もないみたいだから、迷惑かもしれない。それに自分は履物をちゃんと脱いで上がっている。部屋を汚したわけではない。見たところ、どこかを壊したということもなさそうだ。

それなら、こっそり出ていっても構うまい。誰かに見咎《みとが》められたら、その時は正直に話して大家に謝りに行けばいい。

念次郎はそう決めて立ち上がった。上がり框《かまち》まで行き、そこでまた腰を下ろす。決して律義な人間ではないが、なぜか履物が揃えて置かれていた。他所《よそ》の家だと分かって上がり込んだのだろうか。丁寧に「お邪魔します」などと言って……。

そんなことを考えながら鼻緒《はなお》に足の指を通した時、わずかに部屋が明るくなった。足下は変わらないが、横の壁に光が差したのである。つまり正面の腰高障子からの明かりではなく、背後に何か、部屋を照らすようなものがあるということだ。

——空っぽの部屋なのに。

念次郎はそう思いながら後ろを振り返った。そして、そこにあるものを見て息を呑《の》み、すべての動きを止めた。

目に飛び込んできたのは足だった。かすかに光っている。しかも、ゆっくりと動いていた。何者かが天井をすり抜けて下りてくるのだ。筋張った足なので、年寄りのように感じる。

着物の裾《すそ》が現れた。下りてくるのは男のようだ。

腰の辺りまでが見えた。わりと仕立てのよさそうな着物だ。どこかの商家の旦那か、隠居といったところだろうか。

肩口まで出てきた。袖《そで》から覗く手も、やはり若者のものではない。

顎《あご》、口元、鼻、目と見えてくる。六十くらいか、あるいはそれより一つ二つ上くらいの年寄りだ。穏やかな表情で念次郎へと静かに目を向けている。

やがて頭の先まですっかり天井から抜け出た老人は、音もなく床へと下り立った。

念次郎はあまりの出来事に、ただ口をあんぐりと開けて眺めているだけだった。

老人の手が持ち上がった。念次郎に向けて手招きをし始める。

念次郎は「あっしですかい」という風に自分の鼻先を指差した。老人は、うんうん、と頷きながら手招きを続けた。

もちろん念次郎は動かなかった。相手は明らかにこの世のものではないからだ。わりとうっかり者ではあるが、それでも幽霊に呼ばれて「はい、なんでしょう」と近づくほど愚かではない。念次郎は老人に向かって小刻みに首を振った。

老人は少し困った顔をしたが、すぐにまた穏やかな顔に戻った。動かしていた手を止め、指先を天井に向ける。そして念次郎に向けて大きく一つ頷いてみせてから、再び手招きを始めた。

――うん？

何かあるのだろうか。幽霊なのは間違いないが、悪そうな人には見えないし、行ってみてもいいかもしれない。

念次郎はそう思い、履物を脱いで上がり框に片足を乗せた。

だが、そこで再び動きを止めた。天井からまた別の足が現れたからだった。すね毛が見える。今度も男のようだ。

先ほど老人が下りてきた時よりも速い。二人目はあっという間に姿を現し、老人の横に下り立った。

年は三十くらいか。かなり痩《や》せこけた男だった。着物もよれよれで、所々汚れが付いているように見える。暮らしに苦労している、という風情である。

しかし目の力は強かった。眉を吊《つ》り上げてこちらを睨みつけている。

念次郎は上げた足を再び土間に戻した。

へっぴり腰になりながら男の様子を眺める。すると男は、今度は横にいる老人に向かって何やら喋り始めた。

声は聞こえない。しかし男が怒っているのは分かる。怒鳴りつけている感じだ。老人の方は両の手の平を前に出し、相手を宥《なだ》めるような仕草をしている。

――これは……。

逃げた方がいい、と念次郎は考えた。老人だけならともかく、機嫌の悪そうな幽霊まで出てきては、とても相手をしていられない。

幸い、二人ともこちらを見ていない。念次郎はじりじりと後ずさった。

背中が戸口に当たり、かすかに音を立てた。その途端、お互いを見合っていた二人の幽霊が、ばっと念次郎の方へ顔を向けた。

「お邪魔しましたっ」

念次郎はくるりと振り向き、戸を開けて外へと飛び出した。

目の前にまた腰高障子があった。やはりどこかの裏長屋のようだ。そこは二つの棟に挟まれた狭い路地だった。

今までいたのは一番端の部屋だったらしい。すぐ左手に長屋の木戸口が見えた。夜が明けて間もないみたいだが、もう木戸は開いている。

念次郎はその木戸口を勢いよく駆け抜けた。

四

どことも知れぬ町の路地を右へ左へと曲がり、大きな通りに出たところでようやく念次郎は足を止めた。

息を整えながら周りに目を向ける。来たことがあるような、しかしやっぱりないような、そんな気がする場所だった。つまり、どこだかよく分からない。

こんな時は誰かに道を訊ねるのが一番である。念次郎がきょろきょろしていると、ちょうど向こうからうまい具合に納豆売りがやってきた。

「ああ、ちょっといいかい」

声をかけると納豆売りは念次郎に笑みを向けた。

「へい、毎度」

「ああ、すまない。買うわけじゃないんだ。道を訊ねようと思って」

「なんだ、客じゃねえのか」

納豆売りは笑顔を引っ込め、ちっ、と舌打ちした。

「どこへ行きたいんだい」

「いや、どこへと言うか……そもそも、ここはどこなんだい」

「ああ？」

納豆売りは、今度は訝《いぶか》しげな目付きになった。じろじろと念次郎を眺める。

「……ここは目黒《めぐろ》だ。向こうが行人坂《ぎょうにんざか》で、そのまま行くと目黒不動だが……」

「ああ、なるほど。見覚えがある」

まだ修業をしていた時に、親方や兄弟子たちとお参りに来たことがあった。確かにその時に見た景色のような気がする。しかし、昨夜飲んでいた深川が江戸の東の端なら、この目黒は南の端だ。どうしてそんな遠い所にいるのだろうか。

首を捻っていると、納豆売りが低い声で念次郎に訊ねてきた。

「それよりお前さん、何者だい？」

「えっ……あ、あっしは神田横大工町に住む念次郎ってえ者でして」

「随分と遠くに住んでいやがるな。それがこんな朝っぱらから何をしているんだ」

「いやあ、昨日の晩、知り合いに飲みに誘われちゃいましてね。ちょっと遠いけど、酒は嫌いじゃないので、お付き合いしたんですよ。そうしたらへべれけに酔っ払っちまったみたいで、気づいたら一人で寝ていたんです。前にもあったんですよ、見慣れぬ場所で目が覚めて、ここはどこだってなるのが」

怪しまれているみたいだと感じ、念次郎はそう言い繕《つくろ》った。嘘はついていない。飲んでいた場所が深川だというのを隠しただけだ。

「ふうん。あまり酒に飲まれないように気をつけなよ」

納豆売りはまだ不審がっているような目付きをしていたが、それだけを言い残して行ってしまった。朝は稼ぎ時だから、あまり構ってもいられないのだろう。

「ふう、よかった。それにしても……なんでこんな所にいるんだ？」

びっくりである。深川で立小便をしたら目黒にいた。わけが分からない。

念次郎は改めて周りを見回した。去っていく納豆売りだけでなく、豆腐屋や蜆《しじみ》売りなどの姿も目に入った。早々に仕事場へと向かう職人らしき者の姿もある。ぶらぶらと歩いているだけの年寄りもいる。

——このまま神田に帰ってもいいが……。

すっかり明るくなり、動き出した人々の様子を見ていると、さっきまでの怖さが薄れてきた。そうなると今度は、あの天井から現れた男たちは何だったのか、ということが気になってくる。

——あの長屋に戻ってみようかな。

部屋の中までは足を踏み入れるつもりはない。ちょっと覗いてみるだけだ。

念次郎は来た道を引き返した。

確か、長屋の木戸口を通り抜けたら右の方へ行った。顔を覗かせたばかりのお天道様を背に受け、自分の影が目の前の道に長く伸びていた。だから西に向かったに違いない。そこから左、右、左という順番で曲がって、納豆売りと出会った広い通りに出た。そこまでしっかりと頭に残っている。

——それなのに……。

念次郎は己《おのれ》の目を疑った。あの長屋が見当たらないのだ。

それらしい場所はあった。木戸口の正面にある店の感じが似ていると思う。あの長屋と同じように、狭い路地の両側に棟が建っているのも同じだ。しかし建物が違った。

自分が入り込んだ部屋は、木戸口から見て右側の棟にあった。似ていると思われる長屋は、そこが二階建てなのだ。

裏長屋が二階建てというのは決して珍しいことではない。たまに見かける。だがあの部屋に二階はなかったはずだ。梯子段を見た覚えがない。

——ここではないのかな。

念次郎はその長屋の木戸口を離れた。通りを少し歩いて、隣の長屋の木戸口の前に立つ。

——違うみたいだな。

路地が曲がっていた。木戸口を入ると正面に長屋の建物の壁が見える。自分が迷い込んだ部屋は、戸を開けるとすぐ左手が木戸口だった。だからここではない。

それに通りの左右に建ち並んでいる店などの様子から考えると、やはり先に見た長屋が怪しい。念次郎はそう思って通りを戻った。

木戸口を抜けて長屋に足を踏み入れ、路地の両側にある建物を見比べてみた。当たり前だが、右側の棟は何度見ても二階建てだ。

一方、左側に建っているのは平屋の棟割《むねわり》長屋である。こちらならしっくりくる。自分は部屋を出てすぐ左へ行ったと思い込んでいるが、実は右だったのかもしれない。幽霊から逃げる時だから、ものすごく焦っていた。そのせいで勘違いをしているのではないだろうか。

――ううむ。

どうだったかな、とあの時のことを思い返していると、背後から足音が聞こえてきた。

「ここで何をしているのかね」

「へ？」

振り返ると、気難しそうな顔をした年寄りが、念次郎を見据えていた。

「昨日あたりから見知らぬやつが町をうろついているみたいだと聞き込んできたところだ。まさかお前さんではなかろうな」

「え……いえ、あっしは、昨日は深川の方にいたので、違いますって」

念次郎は慌《あわ》てて首を振った。なるほど、道理で納豆売りも不審げな顔で自分を見ていたわけだ。

「ほう。それならこの長屋に何の用だね。ああ、儂はここの大家の福蔵《ふくぞう》という者だ」

「へ、へい、どうも……あっしは、神田横大工町で筆を作っている、念次郎という者でございまして」

「ほう、神田か。そんな所に住んでいる者が、なぜこんな朝早くに目黒の裏長屋にいるのかね」

住んでいる所を告げたのはまずかった。余計に疑われることになってしまった。

「いえ、あの、その……」

さて、どう言い繕うべきか。念次郎は必死に考えを巡らせた。納豆売りにしたように、酒を飲んでいたというのは通じない。「どうしてこの長屋にいるのか」が説明できないからだ。ここは飲み屋ではない。

もちろん、この長屋に知り合いがいるという嘘も駄目だ。それが誰か訊ねられたらお終《しま》いである。

正直に起こった出来事を告げる……のは一番いけない。深川で立小便をしたら目黒にいた、なんて言ったら正気を疑われる。それに幽霊の話もできない。この老人は長屋の大家だから、ここに幽霊が出たなんて言うとますます機嫌を損ねかねない。それに、本当にここがさっきの長屋なのかどうかも定かではないのだ。

「……住む所を探していましてね。あっしは駆け出しの筆職人で、まだお礼奉公を終えたばかりなんです。ようやく独り立ちができたということで、新たな気分で仕事に精を出すために、今まで住んでいた長屋から引っ越そうかな、と思いまして。ただ、今日は昼前から世話になっていた親方の許へ顔を出さなきゃならないので、それでこんな朝早くに歩いているというわけでして……」

少し苦しいかな、と思ったが、この嘘を福蔵はあっさりと受け入れてくれた。

「そうかい。うちには空店がいくつかあるからね。ちょうどよかった。今から見ていってくれて構わないよ。いやあ、疑うようなことを言って悪かった。そういえば思い出したよ。町をうろついているのはどこかのお店者《たなもの》風情の男たちだって話だった。お前さんではないな」

もっと早く思い出してくれ。そうすればこんな下手な嘘をつかずに済んだのに。まったくこの年寄りは……と念次郎は心の中で文句を言った。

しかし、案外とこれでよかったのかもしれない、とすぐに思い直す。部屋の中の様子を見れば、幽霊に遭ったのがこの長屋なのか分かるからだ。

「ええと、それでは……右側の二階建ての長屋を見せてもらえますか」

「うん？　お前さん、まだ独り者だろう。それならこっちの、棟割長屋の方で十分なんじゃないか。二階建ての方は店賃《たなちん》も高いし」

「居職なので少しでも広い方がいいかと思いまして」

「ふうむ、そうか。しかし残念ながら、そっちの棟には貸せる部屋がないんだよ」

「はあ、空店はございませんか」

念次郎は長屋の二階を見上げた。雨戸が閉まっている部屋がぽつぽつと見えるが、それはまだ朝が早いからなのだろう。

「それは残念だ。まあ仕方がありません」

念次郎は肩を落としたが、もちろん本気でがっかりしたわけではなかった。あの幽霊が出た部屋は空っぽで、明らかに人は住んでいなかった。やはりここの二階建ての長屋ではなかったようである。それが分かっただけで十分だ。

「まあ、おっしゃる通り今はまだ稼ぎが少なくて、とても二階建ての方を借りることなんてできません。ただ、いずれは広い所に住みたいと思っているので、何と言うか、心を奮い立たせるために見せてもらおうとしただけですよ」

「ほほう。若くても気構えは立派だな。それなら覗くだけでもしていくかね。儂の部屋は手前から二つ目だ。散らかっているから見せると婆さんに怒られそうだが、ちょうど今、井戸端でお喋りしているみたいだから」

長屋の路地を抜けた先に井戸が見えるが、その周りに長屋のかみさん連中らしき者たちが数人集まっていた。福蔵のかみさんもその中にいるようだ。

「ああ、いや、そこまでしていただかなくても……」

「まあいいから見ていきなさい」

福蔵は先に立って歩き出すと、自分の部屋の戸を大きく開け、念次郎に向かって手招きした。

「はあ、それではお言葉に甘えて……」

せっかくだから、と念次郎は福蔵の部屋を覗いた。散らかっているというほどではないが、物がたくさん置かれていた。布団が部屋の隅に畳《たた》まれているし、壁際には箪笥も二棹《さお》並んでいる。もちろん火鉢《ひばち》や行灯もある。その他にも、行李や小さな箱などが見えた。

そのせいで狭く見えるが、自分が住んでいる九尺二間の部屋よりは間違いなく広い。奥行きは三間といったところか。幽霊が出たあの部屋と同じである。だが……。

「……奥に梯子段がありますね」

「当たり前だよ。なかったら二階に行けないからね。もっとも、儂や婆さんはほとんど上がっていないが」

多分、梯子段が急だから年寄りには辛《つら》いのだろう。それで一階に物が多く置かれているに違いない。

「ありがとうございました」

念次郎は礼を言って戸口を離れた。やはり自分が迷い込んだのは二階建ての長屋の方ではなかった。そうなると平屋の棟割長屋の方が気になる。部屋を出たらすぐ左手に木戸口があったと思っていたが、それは勘違いで、実は右側だったというのもあり得るのだ。

「次は棟割長屋の部屋を見せてください。ええと、木戸口に一番近い、端の部屋はどうでしょうか」

「ああ、そこなら空いているよ」

「それでは覗かせてもらいますよ」

念次郎は福蔵を待たずに、自分でその部屋の戸を開けた。

——ううん……。

覗き込んでから唸《うな》り声を上げる。古臭いような気がしたからだ。薄暗かったから自信はないが、あの部屋はもう少しだけ床板や壁が綺麗だった気がする。

それに、ここは九尺二間の広さだ。あの部屋より狭い。

「なるほど、よく分かりました」

念次郎は戸を閉めた。どうやらこの長屋ではなかったようだ。

「……ええと、よく考えたら仕事の都合があるから、引っ越すかどうかは親方に相談しないと決められないんだった。これから会うので、よく話を聞いてきますよ」

「そうかい。残念だな。せっかくいい人が入ってくると思ったのに。うちはこの辺りで一番店賃が安いからね。もしこっちの方へ越してくるなら、他を見ることはないよ。それじゃ、親方によろしくな」

「それはもう」

初めは気難しそうな顔をしていたので、怖そうな年寄りだと思ったが、福蔵は案外と親切な大家だった。それだけに念次郎は胸が痛んだ。部屋を探しているなどと嘘をついて申しわけなかった、と心の中で謝った。

五

念次郎は大急ぎで深川に向かっている。

福蔵が大家をしている長屋を出た後も、しばらくは近くにある他の裏店《うらだな》を見て回った。しかし自分が幽霊に出遭《であ》ったあの部屋は見つからなかった。それらしい場所もない。消えてしまったとしか思えなかった。

そのうちに念次郎は別のあることが心配になってきた。円九郎はどうなったのか、ということである。

松助の時は一緒に奇妙な料理屋に迷い込み、そこで姿を見失ってしまった。円九郎はそれとは違い、あの長屋の部屋にはいなかった。念次郎は一人だけで目覚めたのだ。

だから松助の時とは少し異なるが、その前に一緒に酒を飲んでいたのは同じである。

——もしかしたら円九郎さんも行方《ゆくえ》知れずになっているかもしれない。

念次郎はそう考え、あの長屋を探すことを切り上げたのだ。

永代橋を渡って深川に入る。少し回り道になるが、念次郎はそこで左に曲がり、佐賀町へ向かった。松葉屋の様子を見るためだった。

目黒から深川まではだいぶ離れている。だからとうに日は高く昇り、表通りにある店はどこもすでに仕事を始めていた。

だが、松葉屋は表戸が閉められていた。松助はまだ見つかっていないのだろう。

念次郎は、はあ、とため息をついた。もしこれで円九郎までいなくなっていたら大変である。どちらも自分と一緒に酒を飲んだ後のことだからだ。

――参ったな。

疫病神にでもなった気分だ。もう怖くて誰かと一緒に酒を飲みには行けない。

念次郎は重い足取りで千石屋へと向かった。

いくつかの角を曲がり、千石屋のある通りへと出る。そこで念次郎は、地面に座り込んでしまった。

円九郎が店の前にいたからである。安心したら足の力が抜けたのだ。

ああ、よかった。無事だった、と涙ぐみながら眺めていると、円九郎がそんな念次郎を見つけて、不思議そうな顔で近寄ってきた。

「どうしてそんなとこに座っているんですかい。しかも目を潤《うる》ませて」

「いやあ、円九郎さんに会えたのが嬉しくて」

「はあ?」

円九郎は顔を強張《こわば》らせて二、三歩後ずさりをした。

「女に言われたのなら私も喜びますけどね。念次郎さんが相手だと気味が悪い」

「いや、別に逃げなくても……円九郎さんが行方知れずになっていなくて、ほっとしただけなんだ。昨日の夜、急にいなくなったから」

「何を言っているんですかい。それは念次郎さんの方でしょう」

「あ、ああ……」

円九郎の方から見れば、そういうことになるのか。

「念次郎さんが、ちょっと小便をしてくるから待っててくれ、なんて言うから、私はしばらく路地の所で立っていたんですよ。ところがいくら待っても戻ってこない。痺《しび》れを切らして路地に入ったら、居酒屋の裏に通じているだけで、すぐに行き止まりではありませんか。それなのに念次郎さんはいない。それで困ってしまい、路地をうろうろしていたら、居酒屋の親父が裏口から出てきましてね。『てめえ、こんな所で何してやがるんだ』って怒鳴られちゃいましたよ」

「それは何と言うか、申しわけなかった……かな」

自分にはどうしようもなかったのだが、念次郎はとりあえず謝った。

「その親父に訊ねても念次郎さんのことは知らなかった。まあ、ちょうど別れ際だったし、きっと私が気づかない間に帰っちまったんだろうと思いましてね。私も千石屋に戻ったんですよ。だけど不思議だ。いつの間に出たのですか、あの路地から」

「それが、あっしにも分からないんですよ。あそこで立小便をしたら……目黒にいたんです」

「念次郎さん……気は確かですかい」

円九郎はまた一歩下がった。

「まあ、そう思いますよね」

やはり福蔵や納豆売りの男には正直に告げなくてよかったようだ。

「だけど本当のことなんですよ。目黒の、多分どこかの裏長屋だと思うけど、がらんとした部屋で目覚めましてね。しばらくしたら男が二人、天井をすり抜けて下りてきたんです。片方は年寄りで、もう片方は三十くらいかな。年寄りは手招きするし、三十男は怒り出すし、もう何が何やら分からなくて、あっしは逃げ出しました」

「念次郎さん……いろいろあって疲れているんじゃありませんかい」

「そりゃ目黒から歩いてきたのだから疲れはありますが、頭の方はすっきりしていますよ。心配はいりません。それよりまだ続きがあるんです。いったんは逃げましたが、辺りはもう明るくなっているし、人も大勢歩いているので安心しましてね。戻ってみたんですよ。そうしたらびっくりだ。ないんですよ、あっしの目覚めた幽霊長屋が。多分ここだと思う場所はあったんですけどね、長屋の造りが違うんです」

「ううむ」

円九郎は唸り声を上げながら腕を組んだ。

「念次郎さん、いい医者を教えてあげましょうか……と言いたいところですが、私は念次郎さんを信じますよ。残念ながらね。私も皆塵堂にいたことがあると言いましたでしょう。その時に、それはもう碌でもない目に遭いましてね。だから知っているんですよ。この世にはその手のことが起こり得るんだと」

「はあ、信じてくれてありがとうございます」

「ですけどね、そのことは他の人には漏らさない方がいい。特に……」

円九郎はくるりと振り向いて、千石屋の方を見た。

「……ああ、先に言っておきますけど、今日も朝早くから鳴海屋のご隠居様がいらっしゃって、若旦那捜しの采配を振っています。しかしまだ松葉屋の若旦那は見つかっていません。松葉屋に付けている見張りからも、いい知らせは入っていませんよ」

「そうですかい……」

松葉屋が閉まっているのを見てきたので分かってはいたが、それでも念次郎は肩を落とした。

「ご隠居さんに申しわけないな。あっしは赤の他人なのに、こんなにまでしてくれて……」

「気に病むことはありませんよ。ご隠居様ならむしろ生き生きとしている……なんて言うと場合が場合だけに叱《しか》られますが、あのお方はこういうお節介を焼くのが好きなんです。だけど目黒の長屋の話は、ご隠居様には内緒にしていた方がいい。それと伊平次さんと峰吉にも」

「どうしてですかい」

念次郎の言ったことを円九郎が信じたのは、幽霊が取り憑いている古道具でも平気で引き取る皆塵堂にいたからである。それなら伊平次と峰吉はもちろん、皆塵堂と関わりが深い清左衛門も、念次郎を信じてくれるのではないか。

「……その三人は『松葉屋の若旦那じゃなくて円九郎が消えればよかったのに』なんてことを言うに決まっているからですよ」

「はあ?」

「間違いありません。伊平次さんはまだ冗談めかすかもしれませんが、峰吉なんか真顔で言います」

「いや、まさかそんなことは……あるかも」

念次郎は昨日会った皆塵堂の小僧の様子を思い浮かべた。なるほど、円九郎の言う通りだ。一応は年上なので円九郎「さん」と敬称は付けるが、その他はそっくりそのままの台詞《せりふ》をぼそりと言いそうである。

「それに松葉屋の若旦那がいなくなって大変だというのに、飲み歩いていたなんてことが知れたら鳴海屋のご隠居様に叱られます。私の勘当の解ける日がますます遠ざかってしまう。だから内緒にしておきましょう。今回は長屋が見当たらなくなっただけだから、黙っていたところで何の仔細《しさい》もございません。それでは、そういうことでよろしくお願いします」

円九郎はそう言い残して、千石屋へと戻っていった。念次郎はその背中を呆《あき》れながら見送った。

皆塵堂での円九郎の扱いがやけに悪いのを不思議に思っていたが、こういうところなのだろうなあ、と合点がいった気がした。

気配のする湯屋

「ええと、今夜からお世話になりますよ」

念次郎は大声で言いながら皆塵堂の戸口をくぐった。

今日は朝からやたらと歩いている。まず、なぜか目黒で目覚めて天井を抜け出る幽霊に遭《あ》った。そこから円九郎が消えていないか確かめるために深川の千石屋へと向かった。その後は住んでいる神田横大工町の長屋に戻り、しばらく留守にすることを大家に告げた。もちろん仕事を回してもらっている親方にも事情を話しに行っている。

それからまた深川に引き返して、松葉屋を見に行った。残念ながら店は閉まったままだった。

続いて千石屋にもう一度行き、今度は円九郎ではなく、清左衛門と会って話をした。鳴海屋の若い衆や出入りの職人たちだけでなく、付き合いのある商家などからも人を出してもらっているということだった。ありがたいことだ。しかしやはり残念なことに、それでも松助の行方《ゆくえ》は杳《よう》として知れないという。

そうしてようやく皆塵堂へやってきたのである。だからもう夕方に近い。

「ああ、伊平次さん、お世話になります。おや、太一郎さんもいらっしゃってたんですね。掛け軸について何か分かりましたか」

奥の座敷にいる二人が見えたので、念次郎はそう言いながら作業場に上がった。峰吉は外で客の呼び込みをしていたので、そこにはいない。

昨日はその作業場に古道具を修繕《しゅうぜん》するための道具がたくさん転がっていたが、今はすっきりしていた。その代わりに、昨日はなかった布団《ふとん》が端に畳《たた》まれて置かれている。どうやら念次郎はここで寝ることになるらしい。

「替えの褌《ふんどし》と手拭《てぬぐ》いくらいは持ってきましたけど、それだけですよ。古道具屋だから、他の物は置いているだろうと……」

作業場の隣の部屋を通り抜け、奥の座敷に入った念次郎は、ぎょっとした顔つきになって言葉を止めた。襖《ふすま》の陰に、もう二人いたからだ。

一人は円九郎である。そういえばここへ来る前に千石屋に寄って清左衛門と話した時、円九郎の姿は見えなかった。皆塵堂へ来ていたらしい。

しかし当然だが、円九郎を見たくらいでは別に驚かない。ああ、こっちにいたんですね、で終わりだ。念次郎をぎょっとさせたのはもう一人の男である。

もの凄《すご》く体が大きい。腕も丸太のように太い。

「おお、お前が念次郎か」

ついでに声まででかい。そして何より、顔が厳《いか》つい。こんな男にいきなり出会ったら誰でも驚く。

「聞いたよ。奇妙な料理屋に迷い込んだんだってな。せっかくだから膳《ぜん》でも壺《つぼ》でも、目に付いた物を手当たり次第に持ってきちゃえばよかったのにって峰吉が嘆いていたぜ。もっとも太一郎に言わせると、そうしてもすべて消えちまうらしいけどな。なぜか掛け軸はまだ残っているみたいだけどよ」

「は、はあ……」

「それにしても子供ならともかく、二十《はたち》を過ぎた男が一晩や二晩帰ってこなかったところで、そこまで大騒ぎするものかね。女の家にでもしけ込んでいるんじゃないか。いいとこの若旦那なんだろう、そいつ」

「い、いや、そんなことは……」

この男はいったい何者なのか。念次郎は救いを求める目を円九郎に向けた。しかし呆《ほう》けたような顔でぼんやりと座っているだけで、念次郎を見てはいなかった。まったく役立たずである。

それなら、と伊平次へ目を移したが、こちらも呑気《のんき》そうな顔で煙草《たばこ》を吹かしていて、念次郎を気にしている様子がなかった。

「ああ、そいつは巳之助《みのすけ》と言いましてね。私と同じ長屋の裏店《うらだな》に住んでいる棒手振《ぼてふ》りの魚屋です。小さい頃から知っている、私の幼馴染《おさななじみ》ですよ」

太一郎が助け船を出してくれた。幽霊が見えてしまうという変わった人物であるが、それを除けば人柄は一番まともなようだ。

「幼馴染……つまり太一郎さんとは、さほど年は離れていないってことですかい」

「同じ年に生まれましたよ」

「へ、へえ……」

そのわりには巳之助は老けて……いや、貫禄がある。

「まあ、お前の言うことも分からなくはないけどさ」

太一郎は巳之助へ顔を向けた。

「だけどね、いなくなった松助さんは真面目な人らしいんだよ。女の家に転がり込むような若旦那《わかだんな》じゃない。せいぜい、たまに酒を飲みに行くくらいだ。しかも育ててくれた叔父の継右衛門さんの言い付けを守って、二階には上がらないし、火の元に気をつけるために煙草も吸わないって人だという」

「碌《ろく》でもねえ言い付けだな」

「そうなんだ。そしてその継右衛門さんは松助さんがいなくなったと分かったら松葉屋を閉め、店の者をすべて出して捜《さが》し始めた。そうするだけの何かがあるのだろう」

「だったら、酒を飲みにも出さないようにすればよかったじゃねえか」

「いずれは松葉屋を継がせるつもりだったらしい。そうなると付き合いというものが出てくるから、少しくらいは外に出して酒にも慣れていかないと、とでも考えたんじゃないかな。それと、季節だ。桜の枝があったことから、どうもこの一件は春に関わりがあると思うんだ。もしかしたら継右衛門さんは、それを知っていたんじゃないかな」

太一郎は念次郎へと顔を戻した。

「春頃に松助さんと酒を飲みに出ましたか」

「奇妙な料理屋にいる時に若旦那に言われて気づいたんですが、暮れから春にかけては一緒に飲みには出ませんでしたよ。大川《おおかわ》の川開きの日のあたりから、また飲み歩くようになりましたが」

隅田川《すみだがわ》の川開きは毎年五月二十八日に行われる。

「ふむ。やはり春頃は出歩いていませんか。継右衛門さんは、春を避ければ平気だと考えていたみたいだ。ところが松助さんは行方知れずになってしまった。それで大騒ぎをしているってところでしょうね」

「だったら、その継右衛門って人を締め上げればいいんじゃないか」

巳之助が物騒なことを言い出した。

「俺に任せておけ。知っていることをすべて吐《は》かせてやる」

「あのなあ、巳之助。それだと継右衛門さんが隠していることは分かるかもしれないが、いなくなった松助さんは見つからないよ。それは継右衛門さんも知らないんだ。だから松葉屋の者が総出で捜しているわけでね」

太一郎が呆《あき》れたように言って、小さく首を振った。

「きっとそれは松葉屋の内情か何かに関わることなのだろう。いずれは話を聞きたいと思うが、無理に喋《しゃべ》らせるのは悪い」

「それなら俺は何をすれば……ああ、そうか。猫好き仲間を動かせばいいんだな。江戸中に仲間がいるから、その若旦那の行方もきっと……」

「それもやめてくれ。松助さんの代わりに子猫を拾ってきそうだ」

「俺のすることがないじゃないか」

この巳之助という男も清左衛門老人と同じようにお節介焼きのようだ。いや、祭り好きか。みんなが騒いでいると自分も加わりたくなるのだろう。

「そのうちお前の力を借りる時が来ると思うから、それまでは大人《おとな》しくしていろよ」

「なんだ、つまらねえな。鮪助も縄張りの見回りに行っちまったし、することがねえや」

巳之助がごろりと横になった。太一郎と違い、この男はかなりの猫好きらしい。そう言えば伊平次が、そんな知り合いがいると言っていた。巳之助のことだったようだ。

「ああ、それから掛け軸のことですけどね。まだはっきりしたことは分かりません」

太一郎が顔を念次郎の方へ戻した。

「しかし、絵に詳しい人と会う約束は取り付けました。好事家、とでも言うのでしょうかね。まだ先代の私の父親がうちの店の主《あるじ》だった時によく顔を出していた人なんですよ。昔の絵師についてもよく知っているそうなので、地獄仏独鬼のことも何か分かだ。

やはり太一郎は、地獄仏独鬼は今の世に生きている者ではないと考えているよう
「へえ」

るかもしれません」

「ところで念次郎さん……その、がらんとした長屋の部屋ですが……」

太一郎の目が少し細くなった。念次郎の額の辺りを見つめている。

「え？　あ……うっ」

念次郎は慌《あわ》てた。多分、太一郎が言おうとしているのは目黒の長屋のことであろう。奇妙な料理屋の時と同じだ。念次郎を通して、太一郎にも見えたに違いない。

感心するほどすごい力だ。しかし今は、その力を出されたら迷惑である。なぜならこの部屋には円九郎もいるからだ。あの長屋の話は円九郎に口止めされている。

話を聞かれたくない相手である伊平次も同じ部屋にいる。振り返ると、店先に出ていた峰吉もいつの間にか作業場に戻っていた。それに名前は出なかったが、巳之助も
「円九郎が消えればよかったのに」と言いそうな男だ。

別に円九郎に従う義理はないが、さすがに少し可哀想《かわいそう》な気がする。

「あ……ええと、そういえば円九郎さんはどうしちゃったんでしょうかね。なんか、

ぼんやりしていますけど。体の具合でも悪いのかな」

かなり無理やりではあるが、念次郎は話を逸《そ》らした。

「ああ、円九郎さんなら心配いりません。入れ替わりに千石屋で働く人が、どうやら明日には江戸に出てくるらしいのです。そう書かれた文を読んだ鳴海屋のご隠居様が、すぐに円九郎さんを千石屋から追い出したみたいですよ。お前はさっさと米屋へ行けって」

なるほど、それが嫌でこんな風になっているのか。

「確か……藤吉《とうきち》さんと言いましたっけ、その入れ替わりの人。あれ、藤助《とうすけ》さんだったかな」

「藤七さんです。知りたがりの藤七、なんて呼ばれていて、ご隠居様がする木の話にも付き合ってあげられる人でしてね。他の人はみんな逃げますよ。下手をしたら半日……いや、一日中喋り続けますからね、あのご隠居様は」

「ふうん」

そういえば昨日もそうだった。朝、出会ってから松葉屋へ行く途中、そしてそこから皆塵堂へと向かう途中、清左衛門はずっと木の話をしていた。あれが一日中続くとなると、さすがにみんな逃げ出すだろう。それを聞いていられるなんて藤七は大したものだ。きっと清左衛門は、藤七が江戸に出てくるのを楽しみにしていたに違いない。円九郎が早々に追い出されたのも分かる。来るのは明日なのだから、もう一日くらい千石屋にいさせてやればいいのに、と思わなくもないが。

「まあ、でも、近いうちに出ていくことは分かっていたことですから。やる気を出してくださいよ、円九郎さん」

念次郎が呼びかけると、円九郎がのろのろと首を振った。

「私はこれから米屋で働くことになりますけど、仕事はそれだけじゃないんです。手が空いた時には皆塵堂も手伝えと言われたんですよ。重い米俵を担《かつ》いでくたくたになるだけではなく、何が取り憑《つ》いているか分かったものではない古道具まで扱わされるわけです。そんなことをしていたら身も心もぼろぼろになりますよ。ああ、酷《ひど》すぎる。いったいこの私が何をしたって言うんだ」

「賽銭《さいせん》泥棒でしょ」

作業場で峰吉がぼそりと言った。

「金を落としたと嘘をついて、通りかかった人に恵んでもらおうとしたよな」

巳之助も冷たい声で言った。

「亡くなったご友人の悪口も言いましたよね」

太一郎も付け加えた。

「そういえば、うちの畳《たたみ》を焦《こ》がしたこともあったな。しかもそれを鮪助のせいにしようとした」

ずっと黙っていた伊平次も、ここで口を開いた。

勘当《かんどう》されただけあって、どうやら円九郎はいろいろと悪事を重ねているようだ。しかもそのどれもが小さいというか、情けないものばかりである。さすがに思いとどまって口には出さなかったが、念次郎は「松葉屋の若旦那じゃなくて円九郎さんが消えればよかったのに」と言いそうになってしまった。

「……まあ、それも過ぎたことだ。これからの働き次第では、勘当を解くように俺から鳴海屋のご隠居に伝えてやってもいい。だから仕事に精を出してくれ」

「ええっ、い、伊平次さん、それは、本当でございますか」

虚ろだった円九郎の目に光が宿った。

「それなら何でもします。今すぐやります。米屋の方は心配いりません。今日の仕事はもう終わったからお前は皆塵堂でしっかり働いてこい、と言われてこっちへ来たんですから」

「そいつは助かった。実は仕事が二つもあるんだよ。一つは相生町《あいおいちょう》にある蠟燭《ろうそく》問屋から将棋盤を引き取ってくる仕事だ。こちらは太一郎と巳之助に任せてある。円九郎が行くのは、うちの町内の湯屋だ。お前もここにいた時分は通っていただろう。その湯屋でね、どうもこの頃、妙な気配がするって言うんだよ。幽霊かもしれないから様子を見に来てくれと頼まれたんだ。知っての通り、うちにはたまにそういう話もやってくる。商売とはちょっと違うが、ご近所付き合いもあるし、恩を売っておけば何かうちで買ってくれるかもしれないから、顔くらいは出しておかないと」

「は？」

円九郎の目の光が少し翳《かげ》った。

「ちょ、ちょっと待ってください。それ……反対になりませんか。太一郎さんと巳之助さんが湯屋で、私が蠟燭問屋に行くってことに」

「お前、何でもすると言っただろうが」

「ですが、どう考えても湯屋の方が太一郎さん向きの話でございましょう」

「いや、お前向きだ。だって湯屋だぞ。もしかしたら若い娘が……」

「……入ってきたところでどうにもなりませんよ。混浴じゃないのだから。それにあそこは、ちょっとでも女湯を覗《のぞ》こうとしたら番台の親父にどやされる。私もここにいたのだから、よく知っているんだ」

そうか、よく知っているのか。念次郎の中で円九郎の株がまた下がった。

「しかしなあ、蠟燭問屋の方は巳之助が前に行ったことのある場所なんだよ。太一郎は初めて訪れるが、それでも一応は知っているって言うんでな。この二人が行った方が早い」

「相生町って言ってましたが、それは神田相生町でなくて、竪川《たてかわ》沿いにある本所《ほんじょ》相生町ですよね。あの辺りなら私にも分かります。迷うことはありません」

「だが太一郎はその後で、絵に詳《くわ》しい人と会うことになっているんだ。本所の方にいるらしいんでな。そのまま向かえて都合がいい。引き取った将棋盤は巳之助に持ってきてもらえば……」

「それだと巳之助さんの手間がかかるではありませんか。やっぱり私が蠟燭問屋に行った方がいい。太一郎さんにはまっすぐその人の所に向かってもらって、巳之助さんは湯屋へ……」

「しかし」

「いやいや」

二人のやり取りを聞きながら、念次郎は考えを巡らせた。湯屋はお店者から職人、子供、武士に至るまで、様々な人が大勢集まる場所である。江戸っ子は風呂好きだから、一日に五、六回も入りに来たり、一ヵ所だけでなくあちこちの湯屋へ通ったりする猛者《もさ》もいる。

それに男湯の二階は、将棋や碁を打ったり絵草紙を読んだりして、くつろげるようになっている。菓子を食いながら知り合いとお喋りをする者も多い。

自分はこの後、昨日と同じように深川の町に出て松助を捜し回るつもりだった。しかしそちらにはすでに清左衛門がたくさんの人を出してくれている。それなら自分は、湯屋で松助について訊《き》き回った方がいいのではないだろうか。

もし本当に湯屋に幽霊が出たら、自分には何もできない。その場合は後で様子を太一郎に伝えて、どうにかしてもらうしかない。役立たずであるが、それは円九郎が行っても同じことであろう。

今朝、幽霊を見たばかりだから、正直、少し怖い。だが松助を捜すためである。我慢だ。

「……湯屋にはあっしが行っても構いませんよ」

「左様でございますか、ありがとうございます」

念次郎は伊平次に向かって言ったのだが、返事をしたのは円九郎だった。

「それでは、私は本所相生町に参ります。すぐに行きます。もう出ます。太一郎さん、途中まで案内してくださ い。家さえ分かれば、あとは私が一人でやりますので、絵に詳しい人の所へ向かって結構です。それから巳之助さんは……どうでもいいや。伊平次さんは勘当の件をよろしくお願いします。忘れないでくださいよ。約束ですからね」

円九郎は素早く立ち上がると、勢いよく座敷を飛び出していった。店土間を抜ける時に何かを踏みつけたらしく、「痛てっ」という声を上げたが、それでも勢いは衰えずに、あっという間に戸口の向こうへ姿を消した。

調子のいい男だ、と呆れながら念次郎は見送った。それから伊平次へと目を移すと、なぜかにやにやしていた。

「どうかしたんですかい」

「円九郎のやつ、前にここで働いていたのに甘いと思ってな。確かに湯屋の妙な気配は幽霊かもしれないって言ったよ。しかし、それなら蠟燭問屋の方には幽霊が出ないかって言うと、そうとは限らないんだが。いや、それどころかわざわざ太一郎に頼むくらいだから、間違いなく出るんだよ。言うまでもないことなので口にしなかっただけでね。まあ、本人が好んで行ったんだ。仕方あるまい。ただ、請け負った仕事はしっかりやらなきゃならないから、決めたように太一郎と……巳之助もその蠟燭問屋に入って、将棋盤を引き取ってきてくれ。どうせ円九郎には何もできないだろう」

「仕方ねえなあ」

巳之助が顔をしかめながら立ち上がった。

太一郎の方はもう座敷を出て、作業場から店土間へと下りようとしている。目黒の長屋の件は本当に話さなくてよかったのだろうか、と念次郎は少し心配になりながら、その背中を見送った。

二

円九郎は本所相生町にある蠟燭問屋の裏に建つ空き家の前に立っている。

ここは元々、蠟燭問屋の隠居が店を息子に譲ってから一人で住んでいた家である。隠居はそれからしばらくして病《やまい》で亡くなったが、その後もここには誰も住まないままで今に至るという。物置として使っていたらしい。

しかしそれではもったいないので、貸家にしたらどうだろうと蠟燭問屋の主は考え、空き家の中を片付けた。そうして最後に残ったのが、これから円九郎が引き取ろうとしている将棋盤である。亡くなった隠居が将棋好きだったので、なかなか手放せずにいたそうだ。

しかし貸家の店子《たなこ》が決まったので、いよいよ売ることに決めて皆塵堂に頼んだのである。すでに銭のやり取りは太一郎が済ませているので、あとは空き家の二階に置いてあるという将棋盤を持って、皆塵堂に戻るだけだ。他には何もないのだから勝手に取りに入ってくれて構わないと言われている。

――しかし、ちょっと不気味だな。

円九郎はそう思いながら二階の窓を見上げた。日がだいぶ傾いて、辺りは薄暗くなっている。そんな中、一人で空き家に入るのは怖い。

――太一郎さんに残ってもらえばよかったな。

絵に詳しい人の所へ向かわせてしまった。

それに巳之助もここまで一緒に来たのに、私だけで十分ですからと言って帰らせてしまった。本当にしくじったと思う。

――まあ、でも湯屋と違って何も出ないんだし。

円九郎は心を決め、空き家の戸を開けた。

隠居が一人で住んでいたわりには案外と広い家だった。一階には部屋が二つと土間がある。多分、二階も部屋は二つだろう。確かに物置にしておくのはもったいない。

それに外から見た時には古ぼけた家だと思ったが、中は綺麗《きれい》だった。貸家にするために手を入れたのだろう。障子や襖も新しい紙に張り替えられている。

これなら自分が住みたいくらいだ。そう思いながら空き家に足を踏み入れた。皆塵堂やその隣の米屋に住み込まなくて済むなら、少しくらい遠くても構わない。いくらでも早起きをする。

「だから通いにしてくれないかな……」

奥の部屋にある梯子段《はしごだん》の下に着き、二階を見上げながら呟《つぶや》く。もちろん無理なことは分かっている。それに、そもそも自分はいつまでもあんな所で働いているつもりはない。一刻も早く勘当を解いてもらい、安積屋へと戻るのだ。

そのためには仕事をしっかりやらなければならない。伊平次にいいところを見せて、勘当を解くよう清左衛門に進言してもらわなければ。円九郎は勇気を振り絞って梯子段を上がった。

二階には思った通り部屋が二つあった。一階は間を仕切っている襖が開け放たれていたが、こちらは閉められている。梯子段がある側の部屋はがらんとしているので、将棋盤が置かれているのは襖の向こう側のようだ。

——仕事ができると見せるために、早く帰らないと。

円九郎は早足で部屋を横切ると、無造作に襖を開けた。

「えっ」

男が座っていた。痩《や》せこけた、やけに顔色の悪い老人だった。

いや、そうではない。老人はうっすらと透けている。だから顔が青白く見えるのだ。

老人の前には将棋盤が置かれている。だから円九郎は、将棋盤を挟《はさ》んで老人と相対するような形になった。

ゆっくりと老人の腕が上がり、円九郎に向かって手招きをした。それを見た途端、円九郎はすとんと尻餅《しりもち》をついた。腰が抜けたのである。

「あ、あ、あ……」

言葉が出てこない。円九郎は口をぱくぱくと金魚のように動かしながら、尻を擦るようにして後ずさりした。

老人の手が止まった。待て、というように手の平をこちらに向ける。そして次に、どうぞ、というふうにその手の平を上に向けた。

どうやら老人は、円九郎に将棋の相手をしろと言っているらしい。

「あ、いえ、その……」

少しずつ人間の言葉になってきた。決して怖さが薄れたわけではない。必死なのだ。

「わ、私は、しょ、将棋はよく分からないもので……」

円九郎の背中が梯子段の柵《さく》に当たった。もうこれ以上は後ろに下がれない。

老人は再び手招きを始めている。是《ぜ》が非《ひ》でも将棋を指したいようだ。

「あ、あの、私は無理ですけど、誰か、将棋を指してくれる人を見つけてきます。ですから、どうか……」

老人は、ほう、というように口と目を丸くした後で、にこりとほほ笑んだ。そして、すうっと姿を消した。目の前の将棋盤に入っていったように見えた。

「円九郎さん、幽霊と何かを約束してはいけませんよ」

背後にある梯子段の方から声がした。円九郎は「うおっ」と叫んで、慌てて振り返った。太一郎が梯子段を上がってくるところだった。

「あっ、た、太一郎さん。絵に詳しい人の所に行ったのでは」

「そうしたかったんですけどね。ここに幽霊が出ることは初めから分かっていたので、残っていたのですよ。伊平次さんからもそうしろと言われましたし」

「はあ？」

伊平次も知っていたということだ。ひどい話である。

「おうい、巳之助。もうご老人はいなくなったから、上がってきて平気だぞ」

梯子段を上がりきった太一郎が、下に向かって呼びかけた。巳之助も残っていたらしい。

「本当だろうな。そんなことを言って、まだ爺《じい》さんの幽霊がいたら梯子段から突き落とすぞ……円九郎を」

巳之助は上がってこない。体は大きいくせに怖がっているようだ。

「前にここに入った時には、巳之助は幽霊を見ていないだろう。だから平気だと思うぞ」

「そうか……」

ようやく巳之助が二階に姿を現した。まだ怖いようで、きょろきょろと周りを見回している。

「太一郎さん、あの老人の幽霊はどういう方なんですかい」

「ご存じの通り、蠟燭問屋のご隠居様ですよ。将棋好きのね。亡くなった後もこの家でうろうろしていたのですが、それだけで、特に何かをするということはありませんでした。ところがある時、ここに若者たちが肝試《きもだめ》しに入りましてね。あろうことか、ご老人が大切にしていた将棋盤を持ち出して竪川に放り込んじゃったんです。それで、夜な夜なその若者たちの許へ現れるようになりまして」

「うへえ」

悪い連中がいるものだ、と円九郎は思ったが、よく考えてみると自分も勘当される前に空き家に忍び込んで、亡くなった友人の悪口を言っていた。あまり変わらないかもしれない。だから円九郎は、若いのだから仕方がないよな、と思い直した。

「その若者のうちの一人が、どうしたものかと巳之助に相談しましてね。代わりの将棋盤を一緒に置きに来て、巳之助はこの空き家に入りました。その時にはご老人の幽霊は出ませんでしたが、若者たちの許に現れるのは続きました。どうやら将棋盤が古臭くて、気に入らなかったみたいです」

円九郎は部屋に置かれている将棋盤へ目を向けた。綺麗である。それに値の張りそうな立派な物に見える。

「あれは皆塵堂にあった将棋盤です。ちょうどうまい具合に、夜逃げを手伝った礼として貰《もら》った物があったんですよ。巳之助はそれをただでいただいて、この空き家に置いたのです。幸いそれでご老人の怒りは鎮《しず》まりました」

「ただじゃねえぞ」

巳之助が横から口を挟んだ。

「代わりに茶四郎《ちゃしろう》を皆塵堂に置いていった」

「だが結局そいつは今、うちの長屋にいるだろうが」

猫の話のようである。

「まあ、そんなわけで、この空き家に幽霊が出ることは分かっていたのですが、実は少し困っていましてね。ご老人は生前と同じように暮らしていたのです。ところがここを貸家にすることにした。それで私は気を揉《も》んでいたのですが、円九郎さんのお陰で助かりました。どうやらご老人は家ではなく、将棋盤の方に取り憑いたらしい。これなら貸家にしても平気でしょう。ご老人の幽霊は出ませんよ」

「それはよかった……けど、もし将棋を指す相手が見つからなかったらどうなるでしょうかね」

「ご老人は怒るでしょうね。肝試しに入った若者たちと同じで、夜な夜な円九郎さんの許に現れると思いますよ」

「そ、そんな……」

大変なことを安請け合いしてしまった。幽霊を相手に将棋を指してくれる人なんて見つかるはずがない。

「さあ、こんな所でぐずぐずしていても怖いだけだ。太一郎、お前はこの後、用があるんだろう。さっさと行けよ。将棋盤は俺たちで運んでおくから」

巳之助がそう言って、懐《ふところ》から紐《ひも》をするすると出した。

「なんでそんな物を持ち歩いているのですかい……」

「猫好きの嗜《たしな》みよ。いつでも遊べるようにな。そんなことより円九郎、こっちに背中を向けろよ。将棋盤をくくり付けてやるから」

「えっ、私が担ぐのですか。爺さんの幽霊が取り憑いた将棋盤を」

「当然だ。それと、まだお前の働きが足りないから、将棋盤を皆塵堂に置いたら湯屋に行くぞ。念次郎を手伝ってやるんだ」

「ええ……」

円九郎は救いを求める目で太一郎を見た。

「それじゃあ、俺はもう行くから」

しかし残念ながら太一郎は、円九郎など見ずに梯子段の方へ歩いていった。

「ああ、それと、皆塵堂には寄らずにまっすぐ湯屋に行くべきだと思うよ。将棋盤を担いだままで」

「ま、待ってください、太一郎さあん」

円九郎は四つん這《ば》いになり、梯子段を下りていく太一郎へと片手を伸ばした。その背中に、よっこらせ、と巳之助が将棋盤を載せた。

三

念次郎は湯屋の流し場で、ぼうっとしている。

ここに来てから、ずっと松助のことを訊き回っている。男湯に入ってきた者たちの大半に声をかけただろう。しかしそれでも松助について何か知っている人は見つからなかった。

二階にはまだ上がっていない。そちらには伊平次がいるからだ。湯屋へ念次郎を案内した後は帰るのかと思っていたが、そのまま居続けている。二階に上がるには風呂代と別に銭を払わなければならないのだが、今日は頼まれて来ているので取られない。それで伊平次は、せっかくだからと残っているのだろう。

お蔭で助かったのは事実だ。伊平次が手伝ってくれるので、より多くの人に松助のことを訊ける。ただ、そのせいで風呂から出られなくなったのは誤算だった。いや、別に出てもよかったのだが、伊平次の手まで煩《わずら》わせているのだからと思い、休みを入れなかったのである。

その結果、のぼせてしまった。欲張りすぎたようだ。頭がくらくらする。これはさすがに休んだ方がいい。

念次郎は流し場を出て、番台のある板の間に移った。

「おう、兄さん。どうだった」

番台の上から湯屋の親父に声をかけられた。六十はとうに過ぎていると思われるが、威勢はいい。

「すべての客ではないが、妙な気配がするという人がたまにいるんでね。皆塵堂さんの人なら何か分かるんじゃないかと思って頼んだんだよ」

「あ、ああ……」

それも調べなければならなかった。すっかり忘れていた。しかし、それはつまり何も感じなかったということだ。

「……お客の気のせいではないでしょうか。妙な気配などまったくありません」

「それならいいけどよ。ところで兄さん、体の方は平気なのかい。だいぶ赤くなってるぜ」

「はあ、ご心配には及びません」

親父にそう告げたが、すぐに念次郎は壁にもたれて座り込んでしまった。

「おいおい、湯中《ゆあた》りかい。少し休んだ方がいいな。そろそろ火を落とすけど、兄さんは皆塵堂の人だからな。追い出しはしないから、しばらくそこに寝ていなよ」

「は？　まだ閉めるのには早いんじゃありませんかい」

湯屋はだいたい夜の五つまでやっている。しかし今はまだ六つ半といったあたりだ。

「今日は風があるんでね」

「ああ、なるほど」

火事にならないよう、強風の日には湯屋は早仕舞《はやじま》いするのだ。

「ふうむ、火事か……」

親父や奉公人が湯屋を閉める支度をしているのをぼんやり見ながら念次郎は考えを巡らせた。あの奇妙な料理屋で、自分は最後に煙を吸い込んで気が遠くなった。松助が火難除けの御札《おふだ》を持たされたこともあるし、どうもこの件は火事と関わりがありそうである。

松助の父親は多分、火事で死んでいる。二十年前くらいだから、車町火事の時ではないか、と清左衛門は言っていた。それで太一郎は、深川だけでなく芝や日本橋、神田の方も捜した方がいいかもしれない、と考えた。

さすがにそれはどうかと念次郎は少し疑っていた。しかし今なら信じられる。なぜなら自分は、深川で立小便をしたら目黒にいたのだ。そんなふうに、いきなりどこか遠くへ移ってしまうことも起こり得るのだろう。

——明日は深川ではなく、芝の方を捜そう。

念次郎が心に決めた時、二階から伊平次が下りてきた。

「おっ、どうした。座り込んじまって」

「ちょっと頭がくらくらするものですから」

「そいつはいけねえな。二階で横になったらどうだ。もうみんな帰ったから、ゆっくりできるぞ」

「はあ」

そうさせてもらおう、と念次郎は立ち上がった。

途端に立《た》ち眩《くら》みがした。先ほどまでよりふらふらするような気がする。倒れないように気をつけないといけない、と慎重な足取りで梯子段へと向かった。

「ああ、そうそう。俺も二階でだいぶ訊き回ったが、松葉屋の若旦那について知っている人はいなかった」

「そうですか。わざわざありがとうございました」

やはり明日は芝だ。深川は清左衛門に任せよう。そう思いながら、念次郎は梯子段に足をかけた。少し格好が悪いが、転ばないように手をつき、四つん這いで上がり始める。

「だけどまったく何も得られなかったわけではないよ。若旦那の行方とは違うが、ちょっと面白い話が聞けた」

「は？」

念次郎は梯子段に張り付いたまま、後ろを振り返った。

「伊平次さん、それはいったいどういう話ですかい」

「今すぐ聞かせてやりたいところだが、後にした方がよさそうだ。頭がぼんやりしているみたいだから。そうやって梯子段にへばりついて上がっていくのを後ろから見ると、なんか虫みたいだぜ。二階で休んで、人間に戻ったら話してやる」

「は、はあ」

「二階には水や茶も置いてあるからな。遠慮なく飲んでおけ」

「そうします」

念次郎は再び梯子段を上がり始めた。手と足を交互に動かし、ゆっくりと進む。そうしてようやく二階の床の上に頭が出たところで、念次郎は体の動きを止めた。

「あれ？」

もうみんな帰った、と伊平次は言った。それなのに、二階に人がいる。

年は四十くらいか。引き締まった体をした職人風の男である。それがちょうど正面に座っていた。

男の前には将棋盤が置かれている。その盤上を男は厳しい目つきで睨《にら》んでいた。

「あのう、風が強いので、湯屋はもう閉めるそうですよ」

伊平次の勘違いで、まだ残っていた人がいたのだ。念次郎はそう思い、男に声をかけた。

再び手足を動かして、二段ほど上がる。腰の辺りまで二階の上に出た。そこで念次郎はまた動きを止めた。

男の真後ろに火の点《とも》った行灯《あんどん》が置かれていた。それまで将棋盤に隠れていたが、梯子段を上がったことでそれが念次郎の目に入ったのである。

これはおかしい。なぜなら、念次郎と行灯の間には、まだ男の体があるからだ。

――透けている。

そう気づいた時、男の目が念次郎を見た。精悍《せいかん》な顔つきだが、目元からはさっきまでの厳しさは消えている。口元も少し緩んでいた。

男の腕が持ち上がった。そして、念次郎に向けてゆっくりと手招きを始めた。

「え……」

多分、男は念次郎を将棋に誘っている。そう感じた。

「あ、あっしは、将棋はあまり……」

念次郎はそう言いながら後ずさりしようとした。

しかし、そこは梯子段の途中である。足を下ろす床がない。

念次郎の体が、がくっと下がった。体が万全であったなら、手で柵や踏板をつかんで落ちるのを食い止められたかもしれない。しかし湯中りで調子が悪かった。そのため力が入らず、念次郎は仰向けで一気に一階の床へと落ちていった。

四

「四十くらいの職人風の男か。うん、心当たりがあるよ」

湯屋の親父が梯子段の下から二階を見上げつつ語り始めた。

「檜物師《ひものし》の源五郎《げんごろう》さんで間違いないな。職人として、かなり腕の立つ人だった。しかし、なかなか一つの仕事場に居着けねえ人でもあったんだ。どうしてかっていうと、風呂と将棋が大好きだったからなんだよ。一日に五、六回は湯に入りにくる。その後で二階へ上がり、相手を見つけて将棋を指す。うちにとってはありがたい客だったけど、仕事場の親方は当然、怒るわな。それでも腕はあるから、食うのに困らないくらいは稼いでいけたみたいだ」

「しかし、亡くなってしまったわけですよね」

「ああ、流行《はや》り病であっさり逝《い》っちまった。その源五郎さんが、死んだ後にもここに通い、湯に入ったり将棋を指す相手を探したりしていたってわけか。まったくありがたいと言うか、往生際が悪いと言うか……ところで兄さん、具合はもういいのかい」

「はい、おかげさまで」

念次郎は湯屋の親父に頭を下げた。水を飲ませてもらった後、少し休んだら治った。もうすっかり元通りだ。

だが、念次郎の代わりに床で伸びている男がいた。円九郎である。

巳之助と円九郎が湯屋に入ってきたのは、念次郎が源五郎の幽霊と出会う直前のことだった。ちょうど梯子段をよたよたと上っていた時だ。

ところが念次郎は二人にまったく気づかなかった。思い返してみると、梯子段の途中から周りの音や声が聞こえなくなっていたような気がする。

湯屋に入った後、巳之助は伊平次と喋り始めた。そして円九郎は、梯子段の一番上で動きを止めている念次郎に目を向けた。

何をしているのだろうと思い、円九郎は声をかけたらしい。しかしそれも念次郎の耳に入らなかった。

どうも様子がおかしい。そう感じた円九郎は梯子段に近づき、下から念次郎を見上げた。念次郎が足を踏み外して落ちてきたのは、まさにその時である。

円九郎は念次郎の下敷きになった。しかも不幸なことに、蠟燭問屋の裏の空き家から担いできた将棋盤をまだ背中にくくりつけたままだった。だから円九郎は、念次郎と将棋盤に挟まれる形になった。その時に円九郎が立てた「ぐぇ」という蛙《かえる》のような声については、念次郎の耳にしっかり残っていた。それから後は元のように音や声が聞こえている。

「……しかし皆塵堂さん、あんな立派な将棋盤をただでくれるなんて、本当にいいのかい」

湯屋の親父は、円九郎の横に置かれている将棋盤を見ながら伊平次へ話しかけた。

「あんたの所はあまり儲《もう》かっていないだろうに」

「はっきり言うねえ。だけど少し間違っている。あまり、ではなくて、まったく儲かってないよ。しかし、その将棋盤はここへ置くのが一番なんだ。どうやらそいつには将棋好きの爺さんが取り憑いているらしい。源五郎さんの幽霊と同じで、将棋を指す相手が欲しいみたいなんだ。そんな物をうちで持っていても仕方がない。店に出せないから裏の蔵に仕舞《しま》っておくだけだ。それならここの二階で、幽霊同士仲良く将棋を指してもらった方がいい。太一郎のやつもそう考えているようだし」

「ふうん。あの男の考えなら、そうした方がいいのかねえ」

湯屋の親父も太一郎のことを知っているらしい。太一郎は皆塵堂でしばらく働いていたことがあったから、近くにあるこの湯屋にも通ったのだろう。

「それで満足して、ついでに仲良く成仏してくれれば言うことなしだな。だが、うちの二階に置いて平気なのかね。生きている客も将棋を指しに上がっていくよ。みんながみんな気配を感じるというわけではないから、知らずにその将棋盤を使う人も出てくると思うんだ。柵か何かで囲って、近寄れないようにした方がいいかな」

「そうなったら爺さんと源五郎さんは生きている客に譲って、湯を浴びに下へ行くんじゃないか。他の人がいない夜中にいくらでも指せるのだから。心配することはないと思うよ。だがまあ、念のために太一郎に訊いておこう」

「うむ、そうしてくれ」

どうやら源五郎の幽霊と円九郎が出遭ったらしい爺さんの幽霊の件は、うまい具合に収まりそうだ。自分は梯子段から落ちただけだが、それでも少しは役に立ったと思う。よかった、と念次郎は思った。

だが肝心の松助については何も得られなかった。こちらを進めなければならない。

「……伊平次さん、先ほど口にした、面白い話ってのはどんなことですかい」

若旦那の行方とはちょっと違うが、とも言っていた。しかし一応は聞いておくべきである。

「ああ、あれか。松葉屋の若旦那じゃなくて、その父親の話を耳にしたんだ。若旦那が幼い時に亡くなっているが、その頃のことを知っている人がいたんだよ」

「へえ。何者ですかい、その人は」

「今ここにいる、湯屋の親父さんだ。お前、この人には話を聞いていないだろう」

「あ……そういえば」

湯屋はたくさんの人が訪れる場所で、いろいろな噂話《うわさばなし》が行き交う。だから松助についで何か知っている人がいるかもしれないと思ってここへやってきたのだが、その総本山たる親父のことを忘れていた。

「若旦那の父親は、たまにこの湯屋に顔を出していたらしいな」

伊平次が湯屋の親父に訊《たず》ねた。

「うむ、松蔵《まつぞう》さんだね。風呂好きで、あちこちの湯屋に通っていた人だ。ここは松葉屋からは少し離れているが、それでも月に四、五回は来ていたんじゃないかな。もちろん亡くなった十八年前までの話だけどね。しばらく姿を見せないので、どうしたんだろうと思っていたら、客の一人が『死んだみたいだよ』って教えてくれたんだ。びっくりしたよ。松蔵さんはまだ三十くらいだったからね。少し前から行方知れずになっていて、松葉屋で必死に捜していたそうなんだ。結局どこかの空き地で、死体で見つかったらしい」

「へえ……」

行方知れずになった後、死体で見つかった。念次郎はますます松助のことが心配になった。

だが、松助とは事情が異なるかもしれない。清左衛門は、松蔵は車町火事で亡くなったのではないか、と言っていた。大火事の時は死体が見つからず、行方知れずという扱いになる者も多い。松蔵は運よく死体が見つかった口なのではないか……。

「……あれ、おかしいな。親父さん、若旦那の父親が亡くなったのは、今からちょうど二十年前の、車町火事の時じゃないんですかい」

「いや、違うよ。その時はまだ生きていた。車町火事の翌年に永代橋《えいたいばし》が落ちて大騒ぎになったが、その話を松蔵さんとした覚えもある。亡くなったのはその二年くらい後だから、十八年前だと思うんだよ。もしかしたらもう少し後で、十七年前かもしれない。だけど二十年前ではないな」

「それでは車町火事でなくて、別の火事で死んだわけですかい」

「火事にこだわるねえ。はっきりとは言い切れないが、多分それも違うんじゃないかな。隠しているのか、松葉屋からまったく話が漏《も》れてこなかった。そのせいで『女絡みじゃないのか』みたいな噂は立ったが、火事で、という話は聞かなかったと思うよ」

「ううむ」

今回も松葉屋は自分たちだけで動いている。若旦那の松助が行方知れずになったことと、父親の松蔵の死との間に何か関わりがありそうな気がする。

もちろんまだそうと決まったわけではない。はっきりしたのは、松蔵が死んだのは車町火事の時ではなかったということだけだ。

明日は芝の辺りを捜そうとしていたが、考え直した方がよさそうだ。そうかと言って、他に捜す場所は思いつかないのだが……。

「……親父さん。若旦那の父親の死体はどこかの空き地で見つかったらしいってことでしたが、せめてその町名くらいは分かりませんか」

「すまないが、聞いた覚えがまったくない」

「左様で……」

困った。どこを捜していいか分からない。この深川は清左衛門の手の者が大勢動いているし、自分も捜せる所はすべて回った。

「それとね、まだ話には続きがあるんだよ。実はこの湯屋には、松蔵さんの父親もたまに顔を出していたんだ。親子で風呂好きだったんだな」

「は、はあ……」

松助の祖父だ。その人もとうに亡くなっているので念次郎はまったく知らない。

「亀松《かめまつ》さんと言ってね。松葉屋はその人の代の時に一気に大きくなったんだよ。それまでは小さな筆屋だったのにさ。だけどその亀松さんも、ある時から急にうちの湯屋に来なくなった。あくまでも噂でしかないが、行方知れずになった後に死体で見つかったらしい」

「ええっ」

父親だけでなく祖父の身にも似たようなことが起こっているのか。

「しかもね、これも噂で聞いただけだから本当か分からないが、亀松さんの死体はどこかの長屋の屋根の上で見つかったって話だ。ああ、場所は分からないよ」

「うう……」

もういっそのこと、巳之助に頼んで松葉屋の継右衛門を殴ってもらい、力ずくで事情を訊き出すという手段に出てしまおうか。念次郎は心からそう思った。

しかし松助の居所までは知らないようだから、今はまだあまり意味はない。やはりそれは最後の手段だ。

――そういえば妙だな。

深川の町々を歩き回っている間、松葉屋の者にまったく会わなかったことに念次郎は気づいた。継右衛門から「お前は仕事をしろ」と言われたので、顔を合わせたらどうしようと少しびくびくしていたのだ。松葉屋の者を見かけたらすぐに隠れようと思っていた。しかし、一度もそんな羽目には陥《おちい》っていない。

――連中はどこを捜しているんだ？

分からないことが増えてしまった。

松助の行方を捜すのはもうやめて、継右衛門に言われたように仕事に精を出した方がいいのではないか。自分はまだ駆け出しの職人なのだ。他人のことなど構っていないで、今は己《おのれ》の技を磨くことに心血をそそぐべきではないか……などとは思わない。それで松助が死体で見つかったりしたら、間違いなく一生後悔する。だから考えるのだ。松助の行方に繋《つな》がる手掛かりについて、何か見落としていることがあるのかもしれない。

念次郎が必死に頭を使っていると横の方から「ううう」と唸り声が聞こえてきた。何事だとそちらへ目を向けると、円九郎が体を起こしていた。

「ああ、円九郎さん。動けるようになったのですね。よかった」

念次郎は急いでそばに駆け寄った。

「ありがとうございました。円九郎さんのおかげで、あっしは無傷で済みました」

「いや、礼なんかいりませんよ」

「円九郎さん……」

若旦那ではなく円九郎さんが消えればよかったのに、などと思ってしまって申しわけなかった。今は伊平次や巳之助がいるからまずいが、二人きりの時に謝っておこう。

「礼の代わりに、鳴海屋のご隠居様に私の勘当を解くよう口添えしてくだされば、それで結構です。ああ、その時は少し大げさに言ってくださいね。円九郎さんがいなければ命を落としていた、なんて素晴らしい人なんだ……みたいに」

「……は、はあ」

いや、やっぱり謝るのはやめておこう。

「伊平次さんもですよ。そういう約束でしたからね。お願いしますよ」

円九郎はそう言いながら立ち上がり、伊平次の方へ近づこうとした。

だが、それは無理だった。突然ごろごろと床に転がり、壁にぶつかったのだ。

「たまたま念次郎の下敷きになっただけの野郎がなに言ってやがる。もし俺だったら片手で支えてたぞ」

巳之助が横から円九郎を蹴り飛ばしたらしい。

「この程度のことで勘当を解いてもらおうなんて虫がよすぎるぜ。まだまだ働きが足りねえ。体が動くようになったのなら、運んできた将棋盤を二階に上げろ」

「うええ」

円九郎は嘆くような声を出しながら将棋盤を持ち、梯子段の方へと向かっていった。その動きにおかしなところはない。体はもう心配なさそうだ、と念次郎は安堵《あんど》した。

「円九郎のやつ、隣の米屋で鍛えられたからか、案外と丈夫なんだよな」

伊平次が感心したように言った。

「それに、うちで働いていた頃のあいつは怠け癖《なまぐせ》があるというか、すぐ楽な方へ逃げようとする男だったが、今はそれほどでもなくなった。ただ、それとはまた違う感じの阿呆になった気がするが……」

「以前の円九郎さんのことは知りませんが、伊平次さんのおっしゃることは何となく分かります」

念次郎はうなずいた。会ってから今まで、円九郎のことを怠け者というふうに感じたことはない。

「鳴海屋のご隠居に、あいつの勘当を解くよう口添えしてやってもいいかな。もちろん決めるのはご隠居だから、どうなるかは知らないけれどね」

「そうですね……」

助けられたのは事実だから、自分も清左衛門に伝えるだけはしておこう。なんて素晴らしい人なんだ、とまでは言うつもりはないが……。

梯子段を上がっていく円九郎を見ながら、念次郎はそう思った。

傾いた大店《おおだな》

一

目を覚ますと念次郎は見知らぬ部屋にいた。

初めに思ったのは、「またか」だった。これで三度目、しかも三日続けて、である。さすがにこれまでと比べると驚きは小さかった。

しかし、だからと言って慣れたわけではない。一度目の時は松助が消えてしまったし、二度目では天井をすり抜けて幽霊が下りてきた。きっと今度も何かあるはずだ。

念次郎は顔を強張《こわば》らせながら、ゆっくりと体を起こした。

周りを見回しながら、ここで目覚める前にどこで何をしていたか考えた。確か、皆塵堂の作業場で寝ていたはずだ。幽霊が取り憑《つ》いている古道具でも平気で引き取る店らしいし、円九郎に脅《おど》かされてもいたので、何か出てくるのではないかとびくびくしていたのだが、案外と静かなものだった。

時折、裏にある蔵の方から小さい子供が遊んでいるような声が聞こえてきただけだ。少し気になったが、きっと近所の子供の声が届いたのだろうと思い、念次郎は目を閉じた。そして……。

次に目を開けたらここにいた、というわけだ。

雨戸が立てられているので部屋の中は暗いが、それでもかろうじて周りの様子を見ることができた。その雨戸のわずかな隙間《すきま》から光が入ってくるからである。それはつまり、もう夜が明けているということだ。光の感じからすると、すでに日はかなり高くなっているように思われた。

部屋は畳敷《たたみじ》きで、雨戸がある側を除いた三方は襖《ふすま》で仕切られている。物は何も置かれていない。

感じからすると、一度目に目覚めた料理屋に近い。少なくとも、どこかの裏店《うらだな》の部屋ではなさそうだ。

念次郎は立ち上がった。三方のうちの一番近い場所にあった襖をそっと開ける。

そこは板の間だった。広いのですっきりしているが、物がないわけではなかった。

結界に囲まれた文机《ふづくえ》が置かれている。それに壁際には、細かい引き出しがたくさん付いた大きな箪笥《たんす》もあった。

ここは帳場のようだ。一度目は料理屋、二度目はどこかの裏店だったが、今度は商家で目覚めたらしい。

念次郎は帳場の横にある店土間へと目を向けた。そこには何も置かれていなかった。店の表戸もきっちり閉められ、大きな閂《かんぬき》が掛けられている。

――いざとなればあれを外して表に出られそうだな。

もちろん安心はできない。最初の料理屋ではまっすぐ進んだのに同じ部屋に戻ってしまった。あの時のように、表戸を開けたら裏口だった、なんてことが起こるかもしれない。

そうならないことを祈りつつ、念次郎は踵《きびす》を返した。他に出られる所はないか探そうと思ったのだ。目覚めた部屋を通り抜け、帳場側の反対にある襖を開ける。

立派な座敷が現れた。広さは変わらないが正面に床の間がある。どうやら客間のようだが、その床の間には何も飾られてはいない。目覚めた部屋と同じように左側は雨戸が立てられていた。隙間から光が漏《も》れている。

念次郎は右側にある襖を開けてみた。するとそこも似たような広さの部屋だった。

正面は壁で、左右が襖で仕切られている。やはり物は何も置かれていない。

少し迷ってから、左側の襖を開ける。板の間と土間が現れた。

板の間の隅には二階へ上がる梯子段《はしごだん》があった。茶簞笥も置かれている。

土間には竈《かまど》が設《しつら》えてある。水瓶もある。それに水桶《みずおけ》や箒《ほうき》なども置かれていた。

裏口らしき戸が土間の端にあった。それを見て、念次郎は首を傾げた。

――妙だな。

戸板は長屋の部屋に付いているような腰高障子だったが、その障子の向こうが暗いのだ。恐らく、向こう側から板を打ち付けている。これでは裏口からは出られない。

そこから二階に上がるかどうか悩んだが、とりあえず一階を先に見ることにして、念次郎はさっきいた部屋に戻った。

右手に客間を見ながらその部屋を通り抜け、正面にある襖を開ける。やはり他と似たような広さの部屋があった。

ここは正面と左側が壁だ。行く所は一つしかないので、念次郎は右側にある襖を開けた。

そこは目覚めた部屋だった。一周して戻ったのだ。

――ふうむ、なるほど。

念次郎はこの店の一階の間取りを頭に思い浮かべた。

表通り側から見ると、店土間と帳場が横に並んでいる。そしてその先に部屋が四つ、田の字型にある。さらにその向こう側は板の間と土間で、そこに裏口がある。造りとしては分かりやすい。

――それに広い。大店《おおだな》と言っても差し支えないな。

帳場に引き出しがたくさん付いた箪笥があったが、あれは多分、薬箪笥というやつだろう。それならここは薬種屋《やくしゅや》に違いない。

そこまではいい。だが、どうして人の姿がないのかが分からない。もう夜が明けているのだから、商家の者は起きているはずだ。二階にいるのかもしれないが、まったく物音が聞こえてこない。家の中は静まり返っている。

それから、物が少ないのも気になる。しかしまったく何もないわけではないので、実は潰れた薬種屋で今は空き家になっている、ということではなさそうだ。

――ううむ。なぜだ。

考えても分からないので、念次郎は二階に行ってみることにした。

板の間に行き、梯子段の下から二階を見上げる。やはり雨戸が閉め切られているらしく薄暗かった。

「すみません、どなたかいらっしゃいませんか」

念次郎は梯子段を上がる前に、二階に向かって声をかけた。返事はない。かすかな物音も聞こえてこなかった。

「上がりますよ。いいですね」

もう一度、そう声をかけてから念次郎は梯子段を上がった。

湯屋でのことがあったから二階の床の上に顔が出たところで足を止め、慎重に周りを見回した。一階と違い、二階は部屋を仕切っている襖がすべて開け放たれている。お蔭《かげ》で誰もいないのが一目瞭然だった。幽霊の姿もないのでほっとする。

二階にはぽつぽつと行李《こうり》が置かれている。しかし布団《ふとん》が見当たらなかった。空き家ではないが、店の者は他の場所に寝泊まりしている、ということなのだろうか。やはりよく分からない。

とりあえず、誰もいない家で目が覚めた、ということだけは確かだ。それなら黙って出ていくしかあるまい。念次郎は二階を歩くのはやめにして、一階に戻った。

裏口は板を打ち付けて開かないようにしているみたいなので、外に出るなら表戸からだ。通りを歩く人に見られるかもしれないが、何食わぬ顔で出るしかない。

客間や初めに目覚めた部屋を通り抜け、念次郎は帳場に入った。店土間を見回したが、履物《はきもの》は置いていなかった。裏の土間でも見た覚えはない。仕方がないと諦《あきら》めて、念次郎は裸足《はだし》で店土間に下りた。

閂を外し、表戸に手をかける。そして、なるべく音を立てないようにゆっくりと開けようとする。ところが戸がまったく動かなかった。

腕に少し力を入れた。やはり動かない。今度は渾身《こんしん》の力を込める。かすかに板が軋《きし》む音がしたが、それだけだった。戸はぴくりともしない。

裏口と同じだ。多分、向こう側に板を打ち付けている。ここからは出られない。

念次郎は焦《あせ》りを感じた。もしかしたら閉じ込められたのかもしれない。

——いや、まだだ。

雨戸がある。そこからなら出られるに違いない。念次郎は初めに目覚めた部屋へと戻った。

祈りながら雨戸に手をかける。今度はいきなり力を込めて、雨戸を動かそうとした。しかし、ここも駄目だった。雨戸の上下が釘で打ち付けられているようだ。

きっと隣の客間も同じだろう。自分は閉じ込められたのだ。

——二階の雨戸はどうだろうか。

さすがに動くような気がする。しかし出られたとしても、そこから地面に下りられるかどうかは分からない。念次郎は高い所が苦手なのだ。屋根から飛び降りるような真似はとてもできない。

——だけど、そうするしかなさそうだし……。

念次郎は梯子段の下まで行った。しかし二階には上がらずに、そこで悩んだ。誰かがやってくるのを待つという手もある。その場合は泥棒と間違われて番屋に突き出されるかもしれない。はたして二階から飛び降りるのと、どちらがましだろうか。

——ううむ。

あまりこの家に長居はしたくないと思っている。歩いていると、何となく目眩《めまい》を感じるからだ。湯中《ゆあた》りした時のように酷《ひど》くはなく、今はまだ「そんな気がする」だけのかすかなものだが、ここに長くいると具合が悪くなりそうな気がする。

——二階から飛び降りるか。

念次郎は覚悟を決めて、梯子段の一番下の段に足を乗せた。

その時、裏口の方から人の声が聞こえてきた。外に数人いて、何やら喋《しゃべ》っているらしい。

よかった。飛び降りずに済んだようだ。あとは泥棒と間違われないようにするだけである。念次郎は梯子段に乗せた足を床に戻した。裸足のままで土間に下り、裏口に近づく。

「すみません、助けてください。閉じ込められてしまったのです」

戸の腰板を叩《たた》きながら、念次郎は大声を上げた。

外の話し声が止まった。足音が裏口に近づいてくる。

「出入り口にはすべて板を打ち付けて入れなくしたはずだが。お前さん、いったいどこから入ったんだい。それに、いったいそこで何をしているんだい」

男の声がした。若者ではなく、年がいっている者の声に感じた。

「それが、分からないのです。目が覚めたらここにいたのです」

「そんな馬鹿なことがあるものか。お前さん、泥棒じゃないのかい」

「違います。決して怪しい者ではございません。あっしは、神田横大工町に住む念次郎ってえ者でして」

「念次郎だと」

今まで喋っていたのとは別の人の声がした。こちらも年寄りの声だ。それも、念次郎には聞き覚えのある声だった。

「な、鳴海屋のご隠居さんですかい。あっしです。念次郎でございます」

「ふうむ……確かにそうみたいだな。おうい、伊平次。念次郎のやつ、こんな所にいたよ」

どうやら伊平次もいるらしい。知っている者が二人もいるなら、番屋に突き出されるのは避けられそうだ。念次郎は胸を撫《な》で下ろした。

「朝起きたら姿が消えていたから、もう松葉屋の若旦那《わかだんな》を捜《さが》しに行ったのかと感心していたんだけどな。それがどうしてこんな所にいるんだい」

「ああ、伊平次さん。いきなりいなくなってすみません。目覚めたらこんな所にいたんです」

「奇妙な料理屋に迷い込んだ時みたいにかい。そいつはおかしいな。太一郎によると、その料理屋はこの世のものではないという話だった。しかしここはそうではない。いったいどういうことだ」

「あっしに訊《き》かれても分かりませんよ。そもそも、ここはどこなんですかい」

「日本橋の箔屋町《はくやちよう》にある、常盤屋《ときわや》さんっていう薬種屋だよ。最初にお前と喋っていた人は銀兵衛《ぎんべえ》さんっていうここの先代の主《あるじ》なんだが、鳴海屋のご隠居と知り合いでね。最近店で妙なことが起きているから一度調べにきてほしい、とご隠居を通してうちに相談があったんだよ。まあ、昨日の湯屋とか蠟燭《ろうそく》問屋と同じだ」

「はあ、なるほど」

「ご隠居がここに来ている間、松助さん捜しの采配《さいはい》は千石屋の主の万治郎さんが取っている。早く見つかればいいが、今のところはまだ何の知らせも入っていないみたいだな」

伊平次がそう言った時、がたがたと音がし始めた。何事だと思っていると、ぱっと裏口が明るくなった。打ち付けていた板を外したのだ。

すぐに戸が開いて、伊平次が顔を覗《のぞ》かせた。

「うむ。間違いなく念次郎だ。銀兵衛さん、こいつは知り合いです。泥棒じゃなくて筆職人ですから、ご安心ください」

「ふむ、そうかい」

六十過ぎくらいの年の男が返事をした。どうやらこの人が銀兵衛らしかった。

銀兵衛の隣に清左衛門が立っている。その後ろには二人の若い男の姿があった。年は念次郎と同じくらいだ。片方は釘抜きを持っていて、もう片方は何も手にしていない。どちらも初めて見る顔なので、きっと常盤屋の奉公人だろうと念次郎は思った。

「だけど、どこからも入れないはずの店の中にいたんだ。安心しろと言われても無理かもしれない。だから念次郎、ちょっと裸になれ。そうすれば何も盗っていないことがはっきりするから」

「えっ、伊平次さん、本気ですかい」

「無論だ」

「褌《ふんどし》も外すんですかい」

「その方がいいな」

「ここで？」

「うむ」

伊平次は大きく頷《うなず》いた。

「そこまでしなくてもいいよ。鳴海屋のご隠居様や皆塵堂さんと知り合いなんだから。信用するよ」

銀兵衛がなだめるような声で伊平次に言ってくれたが、それを聞いた念次郎は自分の帯に手をかけた。知り合いだからこそ、少しでも疑いを残すようなことがあってはいけないと思ったのだ。

帯を解いて、着物を脱ぐ。もちろん褌も外して、素っ裸になった。

「どうです、何も持っていないでしょう。体の隅々まで調べてくださって結構ですよ。何なら尻の穴も……」

「それでは大旦那さん、中で話を聞かせてください」

伊平次が銀兵衛を促して裏口を入ってきた。清左衛門も後に続く。釘抜きを持った若い男も戸口をくぐった。四人は念次郎の横を通り抜け、そのまま客間の方へと向かっていく。

「ちょ、ちょっと伊平次さん。あっしのことはほっぽらかしですかい」

裏口の先はそのまま裏店の路地に続いていたが、わりと近い所に井戸があった。その周りには長屋のかみさんたちが数人いるのが見える。お天道様の昇り具合から考えると、どうやら今は朝の五つ過ぎくらいのようだ。仕事に行く亭主や手習に向かう子供を送り出した後で、洗い物をするために井戸端に集まってきたところだろう。

「おいおい、かみさんたちに見せるために脱いだわけじゃないぞ、まったく」

念次郎は褌を締め直そうとしたが、まだもう一人の若い男がそこに残っていることに気づいて、その手を止めた。

「ええと、調べますかい……尻の穴」

「い、いえ、常盤屋さんの者ではありませんので結構です。私は藤七と申します。料理の修業のために、今日から千石屋に住み込むことになった者でして」

「ああ、あなたが藤七さんですかい。話は聞いていますよ。あっしは念次郎という者です。いやあ、どうも初めましてて」

念次郎はそう言って頭を下げた後で、こんな格好ですみません、と付け加えた。

二

念次郎が藤七と一緒に客間に入っていくと、銀兵衛と伊平次が腰を下ろして何やらお喋りしていた。

邪魔をしないように部屋の隅に座り、二人の話に耳を傾ける。流れがどうとか、竿が何だとか言っているのが聞こえた。相談の件ではなく、釣りの話をしているらしかった。伊平次が釣り好きなのはすでに知っていたが、きっと銀兵衛もそうなのだろう。

「鳴海屋のご隠居さんはどうされたんですかい」

二人の話が途切れたので、念次郎は伊平次に訊《たず》ねた。清左衛門の姿が客間にないからだ。

「ご隠居なら常盤屋さんの中をうろついているよ。気になることがあるんだってさ」

伊平次が返事をしたすぐ後に、その清左衛門が客間に入ってきた。

「すまないが水の入った枡《ます》を貸してくれないかな」

清左衛門は銀兵衛に向かってそう頼んだ。いったい何をするつもりだろうと念次郎は首を捻《ひね》ったが、銀兵衛は心当たりがあるようで、にやりと笑った。

「ほほう、ここに入ってすぐに気づくとは、さすがは鳴海屋のご隠居様だ。ですけどね、ご懸念されたようなことは起きていないのですよ。だから皆塵堂さんをお呼びしたわけでしてね」

銀兵衛はそう告げた後で、大声で「おうい、豊八《とよはち》」と大声を出した。すぐに若い男が現れた。打ち付けられた板を外すための釘抜きを持っていた男だ。

「大旦那様、何でございましょうか」

「五合枡に水を張って持ってきなさい。それから通りのすぐ先にある数珠屋《じゅずや》にも行って、紐《ひも》を通す穴を開ける前の数珠玉を借りてきてくれ。数は多い方がいい」

豊八は頷くと、素早く客間を出て、裏の土間へと向かっていった。

「あれはうちの手代でしてね。まだ若いが仕事はかなりできる。番頭より働きがいいんじゃないかな。これでもう少し愛想がよくなると申し分ないんだが」

「客商売に愛想は大切だが、軽く見られてしまう時もある。愛想が少しくらい悪くても、かえって実直な人だと思われる場合がある。結局、客側の捉《とら》え方次第なんだよ。だから無理に人柄を曲げるようなことはやめときなよ」

「分かっていますよ」

銀兵衛と清左衛門がそんなことを話していると、豊八が水の入った枡を持って再び現れた。中の水をこぼさないよう慎重に清左衛門に手渡してから、すぐにまた客間を出ていく。動きは素早いが、大きな足音は立てなかった。

なるほど、確かに豊八という男は仕事ができそうだ、とその姿を見ながら念次郎は思った。やはり打ち付けて開かなくしてあったこの客間の雨戸もいつの間にか外されている。それに、どこから出してきたのか分からないが、伊平次の前には煙草盆が置かれている。そういうこともすべて豊八がやったのだろう。素早く、かつ静かに、よく働く男だ。

「ご隠居様、その枡でいったい何をされるのですか」

藤七が訊いた。この男は「知りたがりの藤七」なんて呼ばれているそうだが、早速その癖《くせ》が出たようだ。

「ついてきなさい」

清左衛門が客間を出て、裏の板の間の方へ歩いていく。せっかくなので、念次郎も藤七と一緒に老人についていった。

「入ってすぐに思ったんだが、どうもこの常盤屋の建物は、傾いているような気がするんだ。藤七は感じていないみたいだが、念次郎はどうだね。しばらくこの中にいたんだろう。妙な感じはしなかったかね」

「ああ、そう言えば少し目眩がしたかな。ひどくはありませんけど」

「多分それも、家が歪《ゆが》んでいるからだと思うよ。それで枡に水を張ってもらったんだ。これを床に置けば傾いているかどうか分かる。水面は必ず水平になるからね。枡の縁と見比べればいいんだ」

清左衛門は枡を板の間の床に置いた。

「ほらご覧よ。この家はわずかに傾いて……いないな」

「ええ、いませんね」

水面と枡の縁は綺麗《きれい》に平行になっている。四方から覗き込んだが、どこから見ても同じだった。

「鳴海屋のご隠居様、数珠玉をお持ちしました」

袋を手にした豊八が裏口に現れた。さっき出ていったばかりなのに、もう数珠屋から借りてきたようだ。

「どれも紐を通す穴を開ける前の、真ん丸の物でございます」

豊八はそう言うと、袋の口を下に向けて中身をばらばらと床に出した。

当然、数珠玉は床を転がっていく。しかしそのどれもが途中で止まった。

「……ご隠居さん、やっぱり傾いていませんよ」

「おかしいな……」

清左衛門は数珠玉の一つをつまむと、軽く床に転がした。玉はまっすぐ進み、やがて止まった。動き方に妙なところはなかった。

「お確かめになったように、うちの床は傾いてなどいないのですよ」

板の間に銀兵衛が入ってきた。

「ご隠居様は同じことを帳場の方でもやるおつもりでしょうが、やめた方がいいと思いますよ。余計な手間がかかるだけです。そちらも傾いていません。これまで儂《わし》と豊八で、何度も確かめましたから。大工を入れて調べてもらったこともあります。しっかりした造りだと褒《ほ》められただけで終わりましたよ」

「いや、だが、しかし……」

清左衛門は床だけでなく、壁や柱、天井を見回している。悔しそうだ。

「客間に戻りましょう。この常盤屋で起こっている出来事をお話ししますよ。そうすればなぜご隠居様や皆塵堂さんに相談したのかが分かるはずです。豊八はここを片付けて、数珠玉を返しに行ってくれ」

銀兵衛が客間へと戻っていった。清左衛門が首をかしげながら続き、その後に藤七もついていった。

最後になった念次郎は、板の間を出る時にちらりと後ろを振り返った。豊八はすべての数珠玉をもう袋の中に収め終えていて、裏口を出ようとしているところだった。働き者だな、とまた念次郎は感心した。


「……この半年ほどの間に、うちの奉公人が何人も具合を悪くしましてね」

客間で銀兵衛が話し始めた。

向き合って聞いているのは清左衛門と念次郎、それに藤七である。伊平次も部屋にいるが、こちらは銀兵衛の方を向いてはいない。外された雨戸の向こう側は中庭になっていたが、伊平次はそちらを見ながらぼんやりと煙草《たばこ》を吸っているのだ。ただ、そんな調子でもしっかり話に耳を傾けているに違いないと念次郎は思った。まだ知り合って三日目だが、伊平次という男のことが分かり始めている。

「そうは言っても、初めのうちは大したことはありませんでしたよ。目眩がするとか、少し気分が悪くなるとか、せいぜいその程度でして。その中に、どうもこの家の床が傾いているような気がするという者がいましてね。それでいろいろ調べたり、大工を呼んだりしたのです。しかし、そんなことはございませんでした。ご自身の目でお確かめになったので、お分かりかと思いますが」

「う、うむ」

清左衛門が小さく頷いた。不満そうな顔だ。まだ納得していないらしい。

「そのうちに、かなり具合が悪くなる者が出始めましてね。ひどい目眩で仕事中に倒れてしまったり、あまりの気分の悪さに飯が喉《のど》を通らなくなったり……。薬を飲ませてもよくはなりませんでした。それで仕方なく暇を出し、実家などで休んでもらうことにしました。そうしたら不思議なことに、すぐに元通りになったのです。ところがうちに戻ってもらうと、また具合が悪くなる」

「つまり常盤屋にいるのが駄目《だめ》だということか。困った話だな」

清左衛門が顔をしかめた。

「銀兵衛さんはどうだったんだね。具合が悪くなるようなことはなかったのかい」

「儂は何ともありませんでしたよ。もう店を倅《せがれ》に譲って、月の大半は根岸《ねぎし》にある寮で過ごしていたのがよかったのかもしれません。しかし困ったことに、今度はその倅が倒れてしまったのですよ。しかも他の者より悪くて、寝床から起き上がるのも一苦労という様子でして」

念次郎は「うわっ」と小さく声を出した。主がそうなってしまったら店が大変である。

「銀兵衛さんの倅というと、ええと……金十郎《きんじゆうろう》だったか。それは心配だね」

「それでも、ここを離れると元通りによくなる、ということが分かっていましたからね。根岸の寮に金十郎を移しました。それで、代わりに儂が大旦那として常盤屋に戻ってきたのですよ」

「それなら店の方は安心だな。しかし、ここで寝起きするようになったら銀兵衛さんも倒れてしまうのではないかな。今度はそちらが心配になる」

「ところが、相変わらず儂は何ともないのです。しかしどういうわけか、金十郎の方も相変わらずでしてね」

常盤屋を離れても体の調子は戻らないということらしい。

「儂や豊八のように何事もない者も中にはいますよ。しかし駄目になる者の方が多い。そのせいで、だんだんと店を回していくのが厳しくなりましてね。無理をしてでも働こうとしてくれるありがたい奉公人もいますが、ここは薬種屋ですからね。店の者が青い顔をしていたら客が離れてしまいます。それで思い切って、いったん店を閉めたのですよ。一度しっかり調べようと思いましてね。近くの裏店に日割りで部屋を借りて、奉公人たちはそちらに移ってもらっています」

　布団はここで使っていた物を持っていったようだ。だから二階に見当たらなかったのだろう。

「しっかり調べるためには、なるべく店の中を空っぽにした方がいいのではないかと思い、道具の類《たぐ》いも移しました。さすがに簞笥などの重い物は置いたままですけどね。ですから泥棒が入ったところで盗る物などさほど残っていませんが、念のために外からきっちり戸締りをしました。不思議なことに、それでも中に入り込んでいた者がいましたが」

　銀兵衛の目が念次郎へと向いた。

　見られても困る、と念次郎は思った。どうやって入ったか自分でも分からないのだ。返答のしようがないので、「いや、まったく」と他人事のように頷いておいた。

「……そして本日、鳴海屋のご隠居様を通して、この手のことに詳《くわ》しいという皆塵堂さんに来てもらった、というわけでございますよ」

「そういうことだそうだ。分かったかね、伊平次」

　清左衛門が訊ねると、伊平次は中庭の方を向いたままで「ええ」と返事をした。

「どうしたらいいと思うかね」

「ううん、そうですねえ……。銀兵衛さんに伺いますが、半年くらい前に、それまでになかった物を新たに家の中に置きましたか。買ったとか、誰かに貰《もら》ったとかで」

「いや、そんな覚えはないが……どうだったかな」

「鳴海屋のご隠居はこの家が傾いているのではないかと考えた。それに念次郎も目眩を感じたみたいだ。だから、今この家の中に残っている物だけで結構ですよ。半年より前にはここになかった、なんて物はありませんかね」

「さて……」

銀兵衛はしばらく考え込んだが、何も思いつかなかったらしく、やがて首を振った。

「どれも古くからうちにある物だよ」

「それなら、俺にはどうしようもないかな」

伊平次は清左衛門の方へ目を向けた。

「何かが取り憑いている道具が原因だったら、そいつを引き取っちまえばいい。しかしそれが分からないのだから、皆塵堂にできることはありませんよ」

「銀兵衛さんが困っているし、金十郎の体も心配だ。どうにかならないかね」

「まずは原因を突き止めることかな。それには、やはり太一郎の力がいる。だけどあいつには今、別の件で動いてもらっていますからね」

太一郎は今、あの掛け軸の作者を調べている。松助の行方《ゆくえ》に関わってくることだから、念次郎としては、太一郎にはそちらに力を尽くしてもらいたいと思う。もちろんこの常盤屋の行く末や金十郎の具合などどうでもいいと言うわけではないが……。

「ううむ、二つの件が重なってしまったのは不運だった。太一郎を呼びたいところだが、あれもこれもと頼むのは、いくらなんでも申しわけないな。自分の店の仕事だってあるだろうからね。しかしそうかと言って、他の手は思い付かないし……」

清左衛門は考え込んでしまった。銀兵衛は心配そうにその顔を見つめている。

他の者も無言だった。藤七はまだ江戸に来たばかりで事情を詳しく知らないからか、口を挟《はさ》まずにじっとしている。伊平次は何を考えているのか分からない顔で煙草を吸っている。そして念次郎は、特に何も言うことが思い付かないので、やはり黙っていた。

長い間、客間に沈黙が広がった。それを破ったのは「大旦那様」という豊八の声だった。目を向けると、この有能な常盤屋の手代は襖の向こうで困ったような表情を浮かべて座っていた。

「どうしたのかね」

「それが……大旦那様にお会いしたいという男がやってきまして。今は来客中で手が離せないから後にしてもらいたい、という旨《むね》を告げたのですが、男は終わるまで待っていると言って、裏口の辺りをうろうろし始めたのです。怪しいやつだと思って見ていると、そのうちに男は地面に這《は》いつくばって、うちの床下を覗き始めました。それで、どうしたものかと思い……」

「ううむ、それは確かに怪しいな。どんな男だね」

「まだ若い男でございます。私とさほど変わりません。二十四、五といったあたりでしょうか」

「ふむ。何者だか聞いていないのかね」

「もちろん訊ねました。浅草阿部川町《あべかわちょう》にある、銀杏屋という道具屋の主とのことでございます」

清左衛門と藤七、そして念次郎の三人が一斉に腰を浮かした。伊平次は動かなかったが、それでも少し驚いた顔をしていた。

銀兵衛もびっくりしたようだったが、それはそんな客たちの様子に対してだった。不思議そうな顔でそこにいる者たちの顔を見回した。

「鳴海屋のご隠居様、それに他の皆様も、どうかなさいましたか」

「その男は、今、儂らが話していた太一郎だよ。噂《うわさ》をすれば影、と言うが、いったいなぜこの常盤屋に現れたのか……だが、ちょうどよかった。豊八さん、すぐにその男をここへ呼んできてくれないかね」

承知いたしました、と言って一礼し、豊八が素早い動作で裏口へと向かっていった。

ほどなくして、風呂敷包みを手に提げた太一郎が襖の向こうに現れた。客間にいる者たちを見てこの男も驚いた顔になったが、すぐに落ち着きを取り戻し、頭を下げながら部屋に入ってきた。

「おや藤七さん、お久しぶりです。とうとう江戸に出てこられましたか。だけど千石屋じゃなくて、どうしてこんな所にいるのですか。それに他の方も」

「それはこちらの台詞《せりふ》だよ。お前こそ、どうして常盤屋にやってきたのかね」

清左衛門が訊ねると、太一郎は銀兵衛の方を見た。

「常盤屋の先代の主の銀兵衛さんでございますね。私は浅草阿部川町で銀杏屋という道具屋をやっている、太一郎と申します。今日は銀兵衛さんにお訊ねしたいことがあって、こちらにお伺いしました。ですが……」

太一郎は銀兵衛から目を離した。まず周りを見回し、次に清左衛門、そして伊平次へと目を向ける。それからまたきょろきょろとし始め、しばらくするとその目が一点に止まった。部屋の端に立つ柱の下辺りだ。

「……先にこちらを片付けた方がよさそうだ」

「ほう。まだ一つも事情を話していないのに、もう何か分かったのかね」

「ええ、まあ。松葉屋の若旦那の件と比べると分かりやすくて助かります。鳴海屋のご隠居様はのんびりしていてください。ええと……銀兵衛さん。何か土を掘る物をお借りできますか」

「は……はあ」

銀兵衛は突然現れた太一郎に戸惑っている様子を見せた。それでも清左衛門の知り合いということで、信用することにしたようだ。すぐに豊八へと顔を向けた。

「土を掘る物だそうだ。何かあるかね」

「うちにあった物は今、大半を他に移していますので何もございません。用意しておくので、後日改めて……ということにされたらいかがでしょうか」

「いや、それなら借りてくればいい。確か向かいの店の旦那は庭いじりが好きだったはずだ。鍬《くわ》か何かあるだろう。すぐに行ってきなさい」

「は……はい」

豊八は首を傾げながら立ち上がり、裏口の方へ向かっていった。銀兵衛と違って太一郎を信用していないのか、これまでより動きが鈍いように念次郎には感じられた。

「この店には穴蔵がございますね」

太一郎が再び銀兵衛に訊ねた。

「江戸は火事が多いので、念のために作ってありますよ。帳場の端から下りられるようになっています」

「そちらではありません。もう一つあるはずです。この常盤屋の建物のちょうど真ん中辺りですね」

太一郎は先ほど目を止めた場所を再び見た。

表通りに面した店土間と帳場、そして裏側の土間と板の間という両端を除くと、常盤屋の一階には田の字型に部屋が四つある。太一郎が見たのはその四つの部屋の真ん中に立つ柱の、下の方だ。客間に穴蔵を作るというのはないと思うので、出入り口は他の三つの部屋のどこかにあるのだろう。

「どうしてそれをご存じなのか分かりませんが、確かにございます」

太一郎の言葉を聞いた銀兵衛は目を丸くした。

「しかし穴蔵というほど広いものではありませんよ。畳一畳分ほどしかない、ただの穴です。うちの先代……いや、先々代か。儂の父親が寝所の隅に作らせたのですよ。夜中に火事が起きたら、すぐに大事な物を投げ込められるようにと。結局、使われることはありませんでしたけどね。儂が継いでからも同じことで、そんなものがあることすら忘れていましたよ」

「つまり、長いこと開けてすらいない、ということでしょうか」

「父が部屋を使っていた頃は、出入り口がある所だけ畳を敷いていなかったのです。しかし見てくれが悪いから、父が亡くなった後は、そこにも畳を敷きました。だから今は、開けるにはまず上の畳を外さなければならない。それが面倒でしてね。そのうちに上に物が置かれるようになって……ますます開けるのが面倒になった。だから、もうかれこれ十年は出入り口を開けていませんな。若い奉公人は、そこの床下に穴があることすら知らないでしょう」

「ですが、何者かがそこに箱を埋めています」

「は？」

銀兵衛は眉《まゆ》をひそめて太一郎の顔を眺《なが》めた。それからゆっくりとその目を清左衛門へと向けた。「本当にこの男を信用していいのか」という表情をしている。初めてこの常盤屋を訪れたはずの者からそんなことを言われたのだから、不信を抱くのも無理はないだろう。

「ふうん、箱が埋めてあるのかね」

銀兵衛の代わりに清左衛門が太一郎に訊ねた。

「いったい誰が……いや、そもそも何のために？」

「呪いですね」

太一郎は事も無げに言った。「寒いですね」とか「腹が減りましたね」などと言う時と口調はさして変わらない。

清左衛門と伊平次はもちろん、前に皆塵堂にいたらしい藤七も、特に驚いた様子は見せなかった。この手の話に慣れつつある念次郎も、少し眉を動かしただけだった。

しかし銀兵衛は違う。大きく目を見開いている。

「ふうむ、呪いかね。それは穏やかではないな。とりあえずその箱とやらを掘り出してみようか。銀兵衛さん、その出入り口はどこかな」

清左衛門に問われて、銀兵衛は弾かれたように立ち上がった。

「こ、こちらです」

あたふたとした足取りで銀兵衛は客間を出ていく。その後ろから太一郎、そして藤七がついていった。

念次郎も立ち上がった。しかし残りの二人は座ったままだった。

「鳴海屋のご隠居さんと伊平次さんは行かないのですかい」

「この後はまず畳を上げ、次に出入り口を塞《ふさ》ぐ板も上げ、それから穴に入って箱を掘り出すわけだろう。儂らはそれが終わる頃に行くよ」

「はあ、左様で」

呪いの箱、などというとんでもない物があるらしいのに、随分《ずいぶん》とのんびりしたものだ。さすがにここまで慣れてしまうのはどうなのかな、と首を傾げながら念次郎は客間を出た。


穴蔵の出入り口があるのは、客間の斜めに当たる部屋らしい。念次郎がそこへ入っていくと、太一郎と藤七が畳を上げているところだった。

すぐに念次郎も加わり、畳を横にどかした。下の床板に四角い切れ目がある。穴の出入り口だ。この板を動かすのは一人で十分だったので、念次郎が外した。

下から穴が現れた。梯子も取り付けられている。

「確か、中は一畳ほどだとおっしゃっていましたね。ただでさえ狭い上に、そこで鍬を振らなければならない。入るのは一人だけにするのがよさそうです。そうなると、私が行くということになりますね」

太一郎が言うと、銀兵衛が大きく首を振った。

「お客様にそんなことをさせられませんよ。間もなく豊八が鍬を借りて戻ってくるでしょうから、そのまま行かせます」

「いや、私が行きますよ。いきなり来て、呪いだのなんだのと言い出した張本人ですからね。お客様なんて大層《たいそう》なものではございません」

「いやいや、豊八にやらせます。汚れるでしょうから」

「しかし掘り出すのは呪いの箱です。やはり私が」

「暗い中で鍬を振って、間違って怪我《けが》をしたら大変だ。ここは豊八に」

太一郎と銀兵衛が言い合いを始めた。

自分が行ってやりたいが、暗い穴の中に下りるのは気味が悪い。しかもその先に埋まっているのが呪いの箱となると、なおさらである。さすがにやめた方がいい。念次郎がそう思って黙っていると、「あのう」と藤七が口を開いた。

「間を取って、私が行きますよ」

「と、藤七さん、そりゃいったい何の間ですかい……ああ、いや、それよりも気味が悪くないのですかい。呪いの箱ですよ。ここは太一郎さんに行ってもらった方が

「……」

「まあ、多少は気味が悪く感じますけど、それより穴の中がどうなっているのか気になっちゃって」

さすがは知りたがりの藤七と呼ばれる男である。

「常盤屋の大旦那さん、私は料理の修業のために江戸に出てきただけで、いずれは故郷に帰る人間です。修業はもちろんしっかりやりますが、江戸にいる間はできる限りいろいろと見ておきたいと思っているのです。ですから、ぜひ私に行かせてください」

「いや、しかし……本当にただの穴ですよ」

「それでも面白そうですから。ただ、私は蛇が苦手なので、もし中にいたら逃げますけど……」

藤七は穴の中を覗き込んだ。

「……ううん、奥が見えませんね」

銀兵衛がすぐに裏口の方へ歩いていった。明かりを持ってくるつもりだろう。

「それでは藤七さんにお願いします。どうやら銀兵衛さんも引き下がったようだ。助かりました」

銀兵衛の後ろ姿を横目で見ながら、太一郎が小声で言った。

「箱が埋まっているのは梯子があるのとは反対側の、一番奥です」

「太一郎さんも相変わらずですね。ここへ来たのは初めてなのでしょう。それでよく穴蔵があるとか、呪いの箱が埋まっているとか分かるものだ」

藤七がそう言って感心していると、裏口の方で戸が開く音がした。豊八が戻ってきたらしい。ほどなくして、火の点《つ》いた蠟燭を持った銀兵衛と、鍬を手にした豊八が入ってきた。

「履物がないようでしたので、すぐ裏の長屋に住んでいるうちの店の者に借りてきました。それをお使いください」

穴に近づく前に、豊八が念次郎に耳打ちしてきた。本当に有能な手代である。

藤七が梯子を下りていった。蠟燭が手にあるのでかなりゆっくりだ。しかしそれでも、案外と早く穴の底に下り立った。深さはさほどないようだ。

「ああ、よかった。蛇どころか虫すらいません。立てるくらいの高さがあるから、鍬も何とか使えそうです。豊八さん、鍬を寄こしてください」

豊八が穴の横に這いつくばり、手を伸ばして下にいる藤七に鍬を渡した。

「それでは掘ります。ああ、いきなり何かにぶつかった。随分と浅い所に埋まっているんだな」

穴の底で藤七が喋ってくれるので分かりやすい。

「もう出てきましたよ。思ったより小さいな。それに細長い。ああ、蓋《ふた》を少し傷つけてしまいました。太一郎さん、まさか私まで呪われるってことはありませんかね」

「心配いりませんよ」

「それでは上がります。豊八さん、先に鍬を渡すのでお願いします」

豊八がまた穴の横に這いつくばり、中に手を伸ばした。そして鍬を受け取ると、すぐにそれを持って裏口へと向かっていった。早々に返しに行くようだ。

穴から藤七の手が出てきて、床の上に箱を置いた。下で藤七が言っていたように、大きい物ではない。長い方が七寸、短い方はせいぜい三寸ほどしかない細長い箱だ。蓋の隅に傷がついているのは、藤七がやったのだろう。その蓋は外れないように紐で結んである。

「おいおい、玉手箱にしては小さいな」

伊平次の声がしたので目を向けると、清左衛門と一緒に部屋に入ってくるところだった。

「だけど気を付けろよ。念次郎は奇妙な料理屋で煙を吸って気を失った。そしてこの

穴は火事になった時のために掘られたものだ。どうも近頃、火事に縁がある。だから
その箱を開けたら、煙がもくもく出てくることもあり得るぞ」

「伊平次さん……」

くだらないことを言う人だ、と思いながら念次郎は訊ねてみた。

「……煙が出てきたらどうなるんですかい」

「そりゃみんな、爺さんになるだろう」

「鳴海屋のご隠居さんと、常盤屋の銀兵衛さんはどうなるので？」

「……若返るんじゃないかな」

それを聞いた清左衛門が、「よし、さっそく開けよう」と箱を手に取った。

「いや、待ってください」

穴から出てくる藤七に手を貸していた太一郎が、清左衛門を止めた。

「その箱を掘り出してくれた藤七さんは、まず汚れを落としに井戸端へ行かなければ
なりません。それに豊八さんも行く末を確かめたいでしょう。ですから、箱を開ける
のは後ほど、みんなが揃《そろ》ってからにしようと思います」

「そうか……仕方ないな」

清左衛門が残念そうに箱を眺めた。老人の中で呪いの箱が別物になっている。

「そう言えば、まだ茶も出していませんでしたな。豊八が戻ってきたら淹《い》れさせますよ」

「それなら茶菓子も欲しいな。ああ、催促《さいそく》しているわけではないよ。それは儂が買ってこよう」

「いや、いけません。こちらで出します。それも豊八に……」

老人たちが喋りながら客間に戻っていく。

銀兵衛は落ち着きを取り戻したようだ。それはいいが、ちょっと呑気《のんき》になりすぎているんじゃないか、と呆《あき》れながら念次郎は見送った。太一郎のおかげで常盤屋を襲った謎の病の件が何とかなりそうな気配があるので、銀兵衛が少し気楽な様子になっているのは分かる。しかし清左衛門は……。

——松葉屋の若旦那の件を忘れているんじゃなかろうか。

さすがにそんなことはないと思うが、少し心配になった。

もちろん自分は、松助のことは常に頭にある。今だって、さっさとここを離れて捜しに行きたいところなのだ。そうしないのは……。

「……太一郎さんは、常盤屋の大旦那さんに訊ねたいことがあってここへ来たんですよね。それは、松葉屋の若旦那の行方に関わることなんですかい」

念次郎が訊ねると、太一郎は「もちろんです」と頷いた。

「例の掛け軸の作者のことを伺いにきたのです。絵師に詳しい人に訊いたら、銀兵衛さんが知っているかもしれないと言われたものですから」

「へえ」

それならまだ残っていた方がよさそうだ。

念次郎は逸《はや》る気持ちを抑え、太一郎と共に穴を塞いでいた板や畳を元に戻した。

三

「……さあ、それでは開けるよ」

清左衛門がそう言って、箱に結んである紐を解《ほど》いた。

銀兵衛は少し緊張した面持ちで箱を見つめているが、客間にいる者のすべてがそうというわけではなかった。伊平次はまたぼんやりした顔で煙草を吸い始めているし、太一郎は落ち着いた顔で茶を啜《すす》っている。

豊八は遠慮しているのか、他の者から少し離れ、襖のそばに座っている。その顔には何の表情も浮かんでいない。仕事はできるが無愛想な男だ。

藤七は銀兵衛と同じように、清左衛門の手元を熱心に見つめている。しかしその目には妙な輝きがあった。きっと知りたがりの血が騒いでいるのだろう。

――あれ、呪いの箱なんだけどなあ。

もっと怖がるとか、固唾《かたず》を飲むとか、それなりの見方があるだろうに。念次郎はそう思いながら周りの者を見回して、それから箱へと目を戻した。

清左衛門の手がゆっくりと蓋を持ち上げた。

念次郎が座っている場所からだと、中に入っている物が見えなかった。分かったのは、中身が煙ではないということだけだ。

「ふうむ」

少しがっかりした顔をした清左衛門だったが、箱の中身を見ると藤七のように目を輝かせた。嬉《うれ》しそうだ。

「ご隠居さん、何が入っているんですかい」

「うむ、櫛《くし》だよ」

清左衛門はそう言って中身を持ち上げた。

櫛には髪の飾りとして使う挿《さ》し櫛と、髪をとかすのに使う梳《す》き櫛があるが、清左衛門が取り出したのは後者だ。華美な装飾など一切ない、質素な木櫛である。

「なんだ、あっしはてっきり値の張りそうな、鼈甲《べっこう》の挿し櫛でも出てくるのかと……ああ、そうだった」

清左衛門はそんな物より、安くても木で作られている方が好きな老人であることを念次郎は思い出した。その上、木のことになるといくらでも話し続けてしまう老人でもあった。

「これは椿《つばき》だな。櫛と言えば黄楊《つげ》が思い浮かぶかもしれないが、椿も櫛の材としてはかなりいいぞ。黄楊よりは少し柔らかいが、それなりの硬さがあり、長く使うことができる。木肌《きめ》は滑らかだ。木目はさほど目立たないかな。しかし赤味がかっている木地の場合は少し違ってね。磨いていくうちに木目の赤味が映えてくることがあるんだ。これはなかなか美しいものだぞ。もちろん白い木地も素晴らしいけれどね。そうそう、椿は大きい木から取れる材ほど赤味がかっていて……」

「ご隠居様。そういうのは後で藤七さんが聞いてくださると思いますので、今は常盤屋さんを襲っている呪いについて話させていただきます」

話し続けようとする清左衛門を太一郎がぴしゃりと止めた。

「呪いには様々なやり方がございますが、その手の修行をした者ではなく、素人が行なう場合には、恨《うら》みを抱いている人が使っている道具や、体の一部などを用いることが多いようです。体の方でよくあるのは髪や爪、歯などでしょうか。恐ろしいことに、この場合は恨みを抱いている人のものでなくてもいいのです。例えばそこら辺の墓を掘り起こして拾ってきた骨を、相手の家の戸口の下などに埋める。それで効き目が表れることもあります。それから道具を使う場合は、恨みを抱いている人にとって思い入れのある物がいいでしょう」

「この呪いでは櫛を使った、というわけだね」

「はい。それだけではなくて、髪も使われています」

「うん？」

清左衛門は目の前に置いてある箱へと目を落とした。

「いや、櫛しかないみたいだよ」

「髪の毛は他の場所にあります。ええと……あれは何と言うんでしょうかね。床下に短い柱がありますでしょう」

「お前が言っているのは多分、床束《ゆかづか》だな。束石《つかいし》の上にあるやつだ。その床束の上に大《おお》引《びき》という横木がある。その上にある、大引より細い横木が根太《ねだ》だ。で、その根太の上に床板が……」

「ああ、床束ですか。ありがとうございます。それで、髪の毛ですが……」

清左衛門の話が長くなりそうだと感じたらしく、太一郎が無理やり言葉をねじ込んだ。

「……その床束に結んでありますす。常盤屋は大きいので、床束もそれなりに数がありますが、その一本一本に髪の毛が結び付けられている。ただし、床束一本につき髪の毛も一本とか、せいぜい二、三本しかありません。それなら調べられても分かりにくいし、見つかったとしても、何か付いているな、というくらいにしか思われませんから。なかなか面白い呪いです」

「ううむ、呪いなのかね、それ」

清左衛門は首を傾げた。

「そんなやり方は耳にしたことがないな」

「呪いというのは作法ではないのですよ。一番大事なのは、必ず相手を呪い殺してやるっていう強い思いなのです……というのは峰吉の考えなのですが、まさにその通りでしてね。この呪いは、常盤屋さんに恨みを抱いている者がいろいろと思案したり試したりした結果、編み出したやり方なのでしょう。本当に面白い『店を傾ける』呪いです。ご隠居様は、この常盤屋さんに入った時に、何かお感じにはなりませんでしたか。目眩とか、気分の悪さとか」

「念次郎が少し目眩を感じたようだな。儂は平気だったが、建物が傾いている気がした。それで調べてみたのだが、そんなことはなかったよ」

「さすがは鳴海屋のご隠居様です。いきなりそこにたどり着きましたか。つまりまあ、そういう呪いなのです」

「いや、それでは分からないよ。もっときちんと教えなさい。どういう呪いなんだね」

太一郎は、どう言えばいいかな、と呟《つぶや》いて、しばらく考え込んだ。

「……ええと、櫛と髪の毛は、どちらも常盤屋さんに恨みを抱いて亡くなった女のものです。残された身内の者が、この二つを使って呪いを仕掛けたようですね。やり方はご存じのように、店の真ん中に櫛の入った箱を埋め、床束に髪の毛を結び付けるというものです。すると思惑通りに、店の者の中に目眩や気分の悪さを感じる者が現れました。なぜかというと、櫛が髪の毛を引き寄せているからです。もちろん本当に引っ張っているわけではありませんよ。ですが、その手のものを感じる力がある人は、建物が真ん中に向かって傾いていくように思われたことでしょう」

「ふうむ。なるほど。そういう呪いか。何となく分かったよ」

清左衛門は合点がいったように頷いた。

「だから具合が悪くなっても、常盤屋を離れれば治るわけだね。しかしそれでは店が回らないから、だんだんと商いが立ち行かなくなっていく。つまり『店が傾く』と」

清左衛門は感心している。しかし部屋にいるもう一人の老人の銀兵衛は、しかめ面で櫛を睨《にら》みつけていた。呪いを受けている側の人間なのだから当然であろう。

「ううむ……銀杏屋さん、ちょっといいかね」

銀兵衛はその厳しい目つきを太一郎へと向けた。

「どういう呪いなのかは分かった。しかし、なぜうちの店がそんなものを受けているのかが、まったく分からないのだよ。銀杏屋さんの話を聞きながら、ずっと考えていたんだけれどね、そこまでの恨みを抱かれる覚えはないんだ。そりゃ商売をやっているわけだから、同業の者の中には常盤屋を面白くなく思っている者もいるだろう。高い薬を買ったのにまったく効かなかった、というお客もいるに違いない。しかしね、ここまで手の込んだ呪いをかけられるほどかというと……」

「こちらは大したことではないと思っていても、相手にとっては違うかもしれません。どう受け取るかは人によりますので。例えば、明らかに逆恨みなのに、ひどい呪いを仕掛けてくる輩《やから》もいることでしょう。世の中にはいろいろな人がいます」

「逆恨みか……」

「ああ、今のはあくまでも、例えば、の話です。残念ながら常盤屋さんの場合は違います。ご隠居様、ちょっとよろしいですか」

太一郎は手を清左衛門の方へ伸ばした。櫛を渡してくれ、ということのようだ。

「常盤屋さんで働いている奉公人の多くが呪いを受け、体を壊しました。しかし強く恨まれているのはそのうちの一人だけです」

清左衛門から櫛を受け取ると、それに目を落としながら太一郎は話を続けた。

「恨みというのは時と共に薄れていくこともあります。しかし、時を経るにしたがって強くなっていくことだってある。それに今回は途中で恨みが引き継がれています。亡くなった女の無念を晴らすために、身内の者が呪いを仕掛けている。女の方は常盤屋という店に対してはさほど強い恨みを持ってはいません。しかし引き継いだ方は違う。常盤屋そのものを呪っている。まあ、初めに恨みを受けた人の立場上、そうならざるを得ない面もありますが……いや、その狙うべき相手が誰なのか分かっていなかったのかな」

「銀杏屋さんが言っている『狙うべき相手』ってのは恐らく、儂の倅……金十郎のことだろうな」

銀兵衛は強く顔をしかめた。

「金十郎だけは、うちから離れても一向に具合が良くならないからね。それにこの店の主なのだから、金十郎を呪うということは、常盤屋を呪うことと同じだ。あいつが恨みを受けたのは間違いあるまい。しかし……やはり分からん。倅に店を継がせた後も、様子を見るために儂はここに年中顔を出している。他所《よそ》の店やお客と揉めたことはないはずだ」

「最近の出来事ではないのですよ。まだ金十郎さんが若旦那と呼ばれていた頃のことです。それに、恨んでいるのは店の外の人間ではありません」

「ますます分からないが……」

銀兵衛は首を傾げて黙り込んだ。まったく心当たりがないらしい。

「四六時中、息子さんを見張っているわけではないでしょうから、銀兵衛さんが知らなくても無理はありません。確かに金十郎さんは恨まれるようなことをしたようだ。しかし……これは『面白い呪い』だとは思いますが、決して『強い呪い』ではありません。多くの奉公人の具合が悪くなりましたし、金十郎さんはいまだにそれが続いています。ですが、そこまででしょうね。命を取るほどの強さはない。なぜなら、亡くなった女の霊は金十郎さんを恨んではいるが、それ以上の心配事が他にあるからです。それから女の思いを引き継いだ身内の者は、とてもよくやっているとは思うのですが、少し甘さがありますね。本気で呪いをかけるなら、それこそ『人間をやめる』くらいの覚悟がないといけません。ところがその人には、どうもその覚悟が足りていないように感じます。仕事ができる人だというのは見ていて分かりますが、それはつまり、気遣《きづか》いができるということに他ならない。きっと根は優しい人なのでしょう。呪いをかける、などという底意地の悪いことをするのに向いていません。今日、こうして私のせいでばれてしまったわけですし……もうおやめになった方がいいですよ」

太一郎は襖のそばに座っている豊八へと目を向けた。ずっと無愛想だったこの常盤屋の奉公人は、その時ほんのかすかに笑みを浮かべた。

「私には、五つ上の姉がいました」

豊八は呪いの櫛を手にしながら語り始めた。

姉の名はお徳《とく》。器量は十人並みだし、愛想も決してよくはなかったが、寒い中での水仕事なども厭《いと》わずに黙々とこなす、働き者の娘であったという。

そのお徳は、十二の時に村から出て、江戸にある常盤屋へ女中奉公に入った。常盤屋の初代の店主……銀兵衛の祖父に当たる人が同じ村の出だったので、その縁で声がかけられたのである。

だがお徳は、十四の時に村に帰ってきた。体の具合を悪くしたのが原因だった。吐《は》き気が酷く、食べてもすぐに吐いてしまうようになったらしい。

「大旦那様はご存じないでしょうが、姉は腹の中に子を宿していたのです」

世間体を気にした父親によって、お徳は遠くの親戚の家に預けられた。そこでの扱いは酷く、家の裏にある掘っ立て小屋に住まわされたという。お徳はそこで男の子を産んだ。

「しかし姉は産後の肥立ちが悪く、それから半年もしないうちに死んでしまいました。亡骸《なきがら》を引き取った後、私が小屋を片付けたのですが、髪の毛がたくさん落ちていましてね」

子供を産んだ後、しばらく髪の毛が抜けるようになってしまう女の人が結構いるようだが、お徳は特に酷かったらしい。

「それと櫛がありました。もちろん他にも姉の物はあったのでしょうが、それらは先に親戚が持っていったみたいでした。しかしなぜか櫛だけは残っていたのです。私はそれを懐に入れ、小屋を出ました」

それから二年後、豊八は村を出て常盤屋で奉公を始めた。やはり初代の店主と村との縁を使ったのだが、素性は少し偽っている。他の家にいったん養子に入ってから奉公に出たのだ。だから常盤屋の者は、豊八がお徳の弟だと知らなかった。

豊八は小僧として真面目に働く傍《かたわ》らで、姉が産んだ子供の父親が誰であるかを調べていた。しかし一向に分からないまま時が過ぎた。そこで豊八は、姉が残した櫛と髪の毛を使って常盤屋に呪いをかけることにした。本来狙うべき相手以外にも害があるかもしれなかったが、仕方がないと諦《あきら》めた。

もちろん豊八は呪いに関しては素人だ。いろいろなやり方を試してみた。そうしてようやく効き目のある呪いにたどり着いた時には、常盤屋に来てから実に十年の月日が流れていたという。


「……うむ、話は分かった」

豊八が語り終えた後、しばらくの間はみな無言だったが、やがて清左衛門が口を開いた。

「この呪いによってお徳さんに手を付けた相手があぶり出されたわけだが、他の者の具合まで悪くしてしまった。豊八さんには言いたいことがいろいろとあるが……その前に」

清左衛門は非難するような目を常盤屋の大旦那へと向けた。

「銀兵衛さん、あんたは本当に何も知らなかったのかい。店の中のことだよ」

「う……うむ。不甲斐《ふがい》ないことに知らなかった」

「お徳という娘を雇ったのは銀兵衛さんだろうに」

「そうなのだが、儂は江戸の生まれだし、祖父もとうに死んでいたから、お徳や豊八が出てきた村との繋《つな》がりなど大してないのですよ。ただ、祖父と仲の良かった人の孫だとかいう人が、そこの村長《むらおさ》だか何だかをやっているみたいでしてね。その人が用事で江戸へ出てきた時にうちに寄って、村の人間を使ってくれないかと頼んできたのです。それで女中の一人くらいならと答えたらお徳がやってきたというわけでしてね。無口な子だったが、すごくよく働いてくれた。ああ、いい子が入ってきてよかったな、と思っていたのに……」

「孕《はら》ませたみたいだよ……銀兵衛さんの倅が」

「情けないことに、それにもまったく気づかなかった」

銀兵衛は顔を歪めながらそう言うと頭を抱えた。

「具合が悪そうなのには気づきましたよ。言われてみれば悪阻《つわり》でしたな。しかしお徳はまだ十四で、体も小柄だったから、腹の中に子供がいるなんて少しも思いませんでしたよ。故郷で休めば具合も良くなるだろうと考えて帰らせたのです。そうしたら亡くなったという知らせが来て……村の方からはその件について特に文句のようなことは言ってこなかったが、きっと裏で金十郎がどうにかしていたのだろうな。ううむ、どうしてくれよう、あの馬鹿息子」

「それは後だ。今は他に考えることがあるだろう」

「ああ、そうか」

銀兵衛は畏《かしこ》まって座っている豊八を見た。

「お前、これからどうするつもりだね。ああ、言っておくが、儂はお前を咎《とが》めるつもりはないよ。悪いのは金十郎だし、あいつのやったことに気づかなかった儂だからね」

「いえ、そのようなわけには参りません」

豊八は手を付き、畳に額を擦《こす》るほど深く頭を下げた。

「私は旦那様の命を取ろうとしていた人間でございます」

旦那様というのは金十郎のことである。

「それに他の、関わりのない者たちも体を壊しています。たとえどのような責めを受けても仕方がないと考えております」

「そうは言っても、やったことは呪いだからな。直《じか》に相手の体をどうかしたわけではない。傍《はた》から見れば箱を埋めて髪の毛を床下に結んだだけだ。もちろん具合を悪くした奉公人たちについては何らかの償《つぐな》いを考えなければならないが……」

銀兵衛はそこで、顔を太一郎へと向けた。

「銀杏屋さんは先ほど、亡くなった女の霊には他に心配事がある、みたいなことをおっしゃった。それは、お徳が産んだ子供のことですかな」

太一郎が頷くと、銀兵衛はまた豊八へと顔を戻した。

「男の子らしいが、今はどうしているんだね」

「親戚の家で育てられております」

「それはお徳を掘っ立て小屋に押し込んだ親戚じゃなかろうな。儂の孫だぞ……その子は今、年は十二か。よし、とりあえずうちへ連れてこよう。様子を見るために当面は小僧として働いてもらうが、豊八、お前がしっかり面倒を見ろ」

「は？　しかし私は……」

「当然、ここで身を粉にして働くんだ。その子だけでなく、もし他の奉公人たちが困っていたら、すぐに手助けをするんだぞ。それで少しは償いになるだろう。お前はさっき、どのような責めを受けても仕方がないと言ったからね。文句など聞かないよ。分かったら、さっさと働きなさい。することはたくさんあるんだ。まずは……床下の髪の毛を外してきてもらおうかな」

豊八は銀兵衛に対してだけでなく、そこにいる他の者たちへも丁寧に頭を下げてから客間を出ていった。

「……今回の件では、皆様には本当にお世話になりました」

豊八が去った後、銀兵衛も同じように一人一人に対して深々とお辞儀した。

「馬鹿息子のことも含めて、今後のことはこちらでしっかり考えます。ですから、これについては何卒《なにとぞ》ご内聞に……」

やはりそうなるだろう。分かっていたことなので念次郎は頷いた。他の者もみな首を縦に振っている。

「……それでは、迷惑をかけたお詫《わ》びとして、昼はご馳走《ちそう》いたしましょう。今はまだ四つ頃だから、豊八を料理屋に知らせにやって、支度をさせれば……」

「ああ、申しわけありません。私はまだやることがあるのでご遠慮させてください」

太一郎が即座に断った。

「しかし、肝心の銀杏屋さんがいないのは……」

「私だけではなく、他の方も忙しいと思いますよ」

もちろんである。念次郎は松助を捜しに行かなければならない。清左衛門も同様だ。松助捜しの采配を振る役目がある。念次郎の立場で文句は言えないが、のんびりと飯を食いに行かれては困る。藤七も多分この後は、これから世話になる千石屋へ顔を出さねばならないだろう。

伊平次は暇そうだが……と思いながら横目で覗くと、何も言わずに煙草を吸っていた。さすがに一人でご馳走にありつくつもりはないらしい。

「左様ですか。それでは後日また、ということで」

「はい。そのようにお願いします。それでですね。今日、私は銀兵衛さんに見てもらいたい物があって常盤屋さんに伺ったのです。これなのですが……」

太一郎はそう言うと、持ってきた風呂敷包みに手を伸ばした。

四

「ほう、桜の絵ですか」

畳の上に広げられた掛け軸を見た銀兵衛が、感心したような声を出した。

「華やかで悪くない絵だ。儂はこれでも絵について多少は詳しいのですよ。この常盤屋を開いた祖父が好きでしたから。芽の出ない若い絵師がいると、うちに連れてきて飯を食わせたり、版元や仕事先を紹介したり、と何かと面倒を見始めてしまう人だった。儂はさすがにそこまではしませんけどね」

銀兵衛は笑みを浮かべて掛け軸を眺めていたが、しばらくすると目を一点に止めた。笑みがふっと消える。見ているのは絵師の雅号だ。

「地獄仏独鬼……いや、まさか。絵はまだ新しいし……だが他にこんな名を付ける者などなかなか……ああ、でも確か通油町《とおりあぶらちょう》の方に……」

銀兵衛はぶつぶつと呟いた後で顔を上げ、太一郎に訊ねた。

「銀杏屋さんは、これをどこで手に入れましたかな」

「ええと、それは……」

太一郎より先に、念次郎が口を開いた。自分があの謎の料理屋から持ってきた物だし、これで松助捜しの件が先に進みそうだったから、大人《おとな》しくしていられなかったのである。

ところが、太一郎がすっと腕を上げ、念次郎を止めるように手の平を前に出した。自分に任せておけということらしい。念次郎は頷いて、口を閉ざした。

「詳しくお話しするとややこしくなるので、今はまだ『とある料理屋』とだけお伝えしておきます」

申しわけありません、と太一郎は頭を下げた。

「私はこの絵について調べていたのですが、どうしても独鬼という絵師のことが分かりませんでした。昨日も絵に詳しい人の許を訪れたのですが、やはり首を傾げるばかりでして。しかし別れ際にその人は『昔、常盤屋の旦那さんがよく絵師の面倒を見ていたようだから聞いてみるとよい』とおっしゃったのです。それで今日、こちらに伺ったというわけなのですが……」

「うむ、その絵に詳しい方は、結構なお年のご老人のようですな。確かに昔、祖父が面倒を見ていた……いや、面倒を見ようとしていた絵師の中に、そのような変わった雅号を使う者がいましたよ。かなり苦労していた人でしてね。お旗本や御家人、大店の三男坊とかなら名のある絵師に弟子入りができるでしょうけど、その人は職人の倅だったのですよ。だからまともな師につけずに、ほぼ我流で絵を学んだらしい。祖父はそんな人が好きでしたからね。それで、会う約束を取り付けたのです。しかしね、銀杏屋さん。この絵を描いたのが、儂の知っている独鬼と同じ人だとはとうてい思えませんよ。いくらなんでも絵が綺麗すぎるのですよ」

「最近の作かもしれませんよ」

太一郎が言うと、銀兵衛は笑いながら首を振った。

「それはありません。なぜなら儂の知っている独鬼という絵師はすでに亡くなっているからです。昔、江戸で大火事があった際に巻き込まれてしまいましてね。実はその時、儂の祖父も一緒にいました。会ったその日の出来事だったんですよ。二人とも骨すら見つかりませんでした」

「そ、それは……辛《つら》いことを思い出させてしまったようです。重ね重ね申しわけありません」

「ああ、別に構いませんよ。昔の話ですから」

「左様でございますか。それなら念のためにお訊ねさせていただきますが、その大火事というのは、車町火事のことでしょうか」

「いや、違います。そんなのはついこの間ですからね。もっと昔の火事です」

車町火事が起きたのは今から二十年も前である。年寄りにとってはそれが「ついこの間」のことらしい。

「もっと昔というと、どれくらい前なのでしょうか」

「ええと、祖父が死んだ時、儂は八つだったかな。そうなると今から五十三……いや五十四年前か」

思わず念次郎は「うげっ」と声を漏らしてしまった。思っていたよりかなり昔だ。

驚いたのは念次郎だけではなかった。話をちゃんと聞いているか怪しい伊平次はともかくとして、藤七は口をあんぐり開けているし、太一郎ですら目を少し見開いている。

「ああ、銀兵衛さんの祖父殿はあの時の大火で亡くなったのか」

しかし年寄りである清左衛門は、五十四年前という言葉に動じた様子はなかった。

「あれは確かに大きかった。その分うちが儲《もう》かったからよく覚えているよ」

この材木屋の隠居はいくつなんだ、と念次郎は首を傾げた。

「常盤屋があるこの日本橋の辺りも焼けたからね。祖父殿は残念だったが、銀兵衛さんは難を逃れられてよかった」

「ええ、本当に。その頃いた番頭さんがすぐに倅を抱えて逃げてくれたので助かりました。もしかしたら祖父も店にいれば死なずに済んだかもしれません。しかし生憎《あいにく》、思い切り火元に近い所におりましてね。行人坂のそばの料理屋にいたんですよ」

銀兵衛の言葉を聞いて、念次郎はまた「うげっ」と声を出してしまった。料理屋というのもそうだが、場所に驚いたのである。昨日の朝、目黒にある見知らぬ長屋で目覚めている。あそこは行人坂の近くだった。

「なるほど、独鬼という絵師がとうに亡くなっていることは分かりました。ところで銀兵衛さんは、先ほど通油町という町の名を呟いていましたが……」

太一郎が話を進めようとしている。

自分としては、五十四年前の火事についてもっと聞きたいという思いがある。しかし話は自分に任せておけという様子の太一郎に対し、頷いてしまった。そのせいで口を挟みづらい。

念次郎が困っていると、「あのう」と声がした。藤七である。

「なんか火事について話していらっしゃいましたが、私は江戸の人間ではないのでよく知らないのです。しばらく江戸に住むことになるので、もう少し詳しく教えていただけると助かります」

ここでまた「知りたがり」の癖が出たようだ。念次郎にとってはありがたかったが、はたして太一郎はどうするだろうか。

「い、いや、それについては、いずれ藤七さんが千石屋の仕事に慣れた頃にでも、鳴海屋のご隠居様からじっくりお聞きになるのがよろしいかと……」

やはり太一郎は乗り気ではなかった。しかし清左衛門が話す気になっていた。

「江戸は火事が多い土地だ。しかも藤七は、これから火を扱う場所で働くようになるのだから、今のうちに少しでも耳に入れておいた方がいいだろう」

「さ、左様ですか……」

箱から櫛が出てきた時には、椿の木についてくどくどと話そうとする清左衛門をぴしゃりと止めた太一郎だったが、今回は引き下がるようだ。

「もちろん越ヶ谷宿の旅籠屋《はたごや》でも火の元には十分に気をつけていたに違いない。しかし江戸ではもっと気をつけてほしいんだよ。なにしろ家の数が違うからね。詳しく教えてやりたいが、とりあえず今は、江戸で起きた火事の中でもとりわけ大きかったと言われている三つを伝えておこうか」

清左衛門はそう言うと、藤七に向かって指を三本立てた。

「先ほど太一郎が口にした車町火事はそのうちの一つだ。これは二十年前の春に起きている」

江戸の三大火事の一つである「文化《ぶんか》の大火」、通称「車町火事」が起きたのは文化三年三月四日（グレゴリオ暦一八〇六年四月二十二日）である。出火したのは昼頃で、砂嵐で目の前が霞《かす》むほど風が強く吹いていたという。

「車町火事と言うくらいだから、火元は芝車町だ。藤七は前に江戸に来た時に京橋の少し先までは行ったと思うが、それより南は分からないかな。泉岳寺《せんがくじ》とか、高輪《たかなわ》の大《おお》木戸《きど》がある辺りだ……いや、それでも駄目か。まあ、とにかく江戸の南の方だよ。そこから少し歩くと東海道の最初の宿場である品川宿《しながわしゅく》がある。火はその芝車町から北へと燃え広がり、日本橋に至るまでの町のほとんどが焼けてしまった。そこまで行っても火の勢いは収まらず、神田の町を通り抜け、浅草の元鳥越町の辺りまで行ってようやく消えたんだ。当然だが、かなり多くの人が死んだよ」

焼死だけでなく、逃げて掘割《ほりわり》で溺死《できし》した者もいたらしい。死者は千二百人以上と言われている。

「順番が入れ替わるが、次に江戸で起きた三つの大火のうちの初めの一つ、振袖火事《ふりそでかじ》についで話すよ。しかしこれは今から百五十年……いや、もっと前だと思うが、それくらい昔の火事だから儂も詳しくはない。さすがに生まれてはいないからね……おい、念次郎、首を傾げるんじゃない。儂は化け物じゃないんだから、いくらなんでもその頃は生きてないよ」

振袖火事と呼ばれる「明暦《めいれき》の大火」が起きたのは明暦三年一月十八日（グレゴリオ暦一六五七年三月二日）である。

「火が出たのは本郷《ほんごう》にある本妙寺《ほんみょうじ》だという。ええと藤七は、本郷も分からないか。浅草の西の方だな。上野《うえの》の寛永寺《かんえいじ》とか不忍池《しのばずのいけ》なんてのがあって、そこからさらに西に歩いた辺りだ。振袖火事は亡くなった娘の供養をするために火に投じられた振袖が風に煽《あお》られて舞い上がり、本堂の屋根に燃え移ったのが原因だと言われている。その火はたちまち燃え広がって、本郷から神田、さらに京橋の方まで焼けたそうだ。驚いたことに隅田川を越えて、深川にまで火が届いたらしいぞ。それで終わればまだ良かったのだが、翌日には別の場所から火が出て、芝の方まで燃えてしまったみたいだな」

振袖火事では町屋はもちろんのこと、大名屋敷や士族の家、神社仏閣なども数多く被害を受けた。江戸城の天守閣も焼け落ちている。

「当然、大勢の人が亡くなったと聞いている。先ほど話した車町火事など目じゃないほどのね」

死者は実に十万を超えると言われている。江戸の町に火除地《ひよけち》が作られたり、瓦屋根《かわらやね》が増えたりしたのは、この火事がきっかけという。

「銀兵衛さんの祖父殿が亡くなったという火事の話に移ろう。今から五十四年前か。かなり昔だが、儂や銀兵衛さんのように覚えている者もまだ結構いるよ」

目黒行人坂の大火とも呼ばれる「明和《めいわ》の大火」は明和九年二月二十九日（グレゴリオ暦一七七二年四月一日）に起きている。

「火元は目黒にある大円寺《だいえんじ》だ。そこに付け火をした馬鹿がいたらしい」

武州熊谷《ぶしゅうくまがや》出身の無宿人である真秀《しんしゅう》という坊主が火事場泥棒を目論《もくろ》んで放火したとい

う。この男は後に捕縛《ほばく》され、市中引き回しの上、小塚原《こづかっぱら》で火刑に処せられている。

「目黒というのは、やはり江戸の一番南の端にある。そこから出た火は神田や上野、浅草へと回り、何と千住《せんじゅ》大橋にまで達した。越ヶ谷宿から来た藤七が江戸に入る時に渡ってきた橋だな。つまり江戸の北の端だ。この火事はそれくらい広く燃え広がったのだよ。だから振袖火事ほどではないにしても、相当な数の人が亡くなっている」

焼死者は一万五千人、行方不明者は四千余人と言われている。

なお、この火事が起きた明和九年は他にも疫病《えきびょう》が流行したり暴風雨が起きたりと、まさに「めいわく」な年であったという。

「これだけでなく江戸ではたくさんの火事が起きている。だがこの三つは特に大きくて人々の口に上ることが多いので藤七も覚えておきなさい。まあ、ここで儂が言いたいのはね、江戸の町は人も家も集まっているから、いったん火事が起こると大変なことになるということなんだ。だから藤七は、これまで以上に火の元には気をつけるようにな。さて、太一郎。話の腰を折って悪かったね。続きを……」

「おおっと、ちょっとお待ちを」

念次郎は慌てて口を開いた。また太一郎が話し始めると口を挟みづらくなるので、割って入るのはここしかない。

「今の行人坂の火事について、鳴海屋のご隠居さんに訊きたいことがありましてね。その火事が起きたのは、桜の花が咲いていた頃ですかい」

「ううむ。春だったのは間違いないから、咲いていたんじゃないかな」

「火が出たのは夜ですかい。それとも昼間？」

「ちょうど昼頃だと聞いている」

「ええと、常盤屋の大旦那さん」

念次郎は、今度は銀兵衛に訊ねた。

「お祖父《じい》さんが独鬼に会ったのは料理屋でございましたね。一緒に昼飯を食っていたんですかい」

「いや、違うよ」

銀兵衛は首を振った。

「火事が起きた前の晩から料理屋にいたんだ。明け方まで絵師たちと酒を酌《く》み交わして、そのまま泊まった。綺麗どころを呼んで、そのまま一緒に布団の中へ……なんてこともある店だったようだから、寝床の支度もしてくれたんだよ。もっとも、その頃の祖父は今の儂と変わらない年だったから、一人で寝ていたと思うけれどね。で、火事に巻き込まれたってわけだ」

「……大旦那さんは今、絵師たち、とおっしゃいましたね。他にも誰かいたってことですかい」

「もう一人、祖父と絵師の間に立って、二人を引き合わせた者がいたんだ」

「ううむ」

念次郎は唸《うな》った。自分が松助と共に迷い込んだ奇妙な料理屋は、一階は夜だったのに二階に上がったら明るくなっていて、布団が敷かれていた。

それに一階の座敷には膳が三つ置かれていた。銀兵衛の祖父と絵師、そしてその仲介者の三人分だと考えれば辻褄《つじつま》が合う。

もしかすると自分たちが迷い込んだのは、五十四年前の大火事の時の、目黒の料理屋なのではないだろうか。

「……その絵師は、手ぶらで会っていたわけではないでしょうね」

「さあ、どうだろうな。さすがに分からないよ。絵師としての腕を見せるために、何か見本になる絵を持っていたかもしれないが」

多分、目の前に広げられている絵がそうだろう。独鬼は金がないし、見本ということもあって、安い裂《きれ》で掛け軸を作ったのだ。

「……大旦那さんは、お祖父さんに似てるって言われますかい」

目黒と言えば、長屋の部屋らしき場所にも迷い込んでいる。そこで自分は二人の男の幽霊に出遭《であ》ったが、そのうちの一人は爺さんだった。なんとなく面影は覚えている。銀兵衛と似ているような気がしないでもない。

「どうかな」

銀兵衛は首を傾げた。

「他の人から言われたことはないな」

「それなら、絵師はどんな人だったんですかい。体つきとか、年とか……」

二人の幽霊のうちのもう片方は、三十くらいの痩《や》せた男だったが……。

「儂は会っていないから体つきは分からないよ。ただ、火事の後始末が終わって落ち着いた頃に、独鬼の兄という人と顔を合わせた。祖父が死んだ時に絵師と一緒にいたということは分かっていたからね。儂の父親が必死に捜し出したんだ。儂はまだ八つだったが、孫だからと一緒につれていかれた。その人の話では、亡くなった時に独鬼は二十九だったとか言っていたような……。昔のことなので定かではないが、独鬼の兄に当たる人がその頃の儂の父親とさほど変わらない年に見えたから、多分、三十代の半ばくらいだったろう。その弟だから、まあ、それくらいの年だと思うよ」

「ふむ」

間違いない、とまでは言い切れないが、かなり怪しい。料理屋はその時の火事で焼けてなくなり、今はその場所に長屋が建っているのではないだろうか。

そうなると、松助は目黒にいるのかもしれない。捜すべきは幽霊が出たあの長屋だろう。昨日の朝は見つけることができなかったが、だいたいの場所は分かる。

「ええと、常盤屋の大旦那さん。勝手に店に入り込んでしまい、申しわけありませんでした。お詫びはまた今度、改めていたしますが、今日はこれでお暇《いとま》させていただきます。それでは鳴海屋のご隠居さんも、太一郎さんも、それから藤七さんも、御免《ごめん》なすって」

呆気《あっけ》に取られている年寄りたちを尻目に念次郎は立ち上がり、急ぎ足で客間を出た。

裏口を通り抜ける時に、伊平次に挨拶《あいさつ》するのを忘れたことに念次郎は気づいた。戻ろうかと思ったが、客間の方でまた藤七が「あのう」と誰かに何かを訊こうとしている声がしたのでやめておいた。話の邪魔をするのは悪い。伊平次には次に会った時に詫びておこう。

念次郎はそう思いながら裏口の戸を閉め、目黒へ向けて走り出した。

若旦那《わかだんな》の行方《ゆくえ》

慌《あわ》てたような足取りで客間を出ていく念次郎を見送りながら、太一郎は心の中で「ふむ」と頷《うなず》いた。なかなか勘《かん》のいい男だと感心している。

念次郎が目黒に向かったことは分かっていた。昨日、皆塵堂で会った時に見えたからだ。あの筆職人は自分と顔を合わせる前に、目黒にある長屋で二人組の幽霊と顔を合わせている。

なぜそこが目黒だと太一郎に分かったのかと言うと、今、この世にある長屋だからである。その前日に念次郎が迷い込んだ奇妙な料理屋については、そこが過去の場所だったせいでうまく見ることができなかった。しかし今の世にある場所に幽霊が出てきたのならば太一郎には捉《とら》えることができる。

念次郎は長屋に出た二人組の幽霊を、銀兵衛の祖父と絵師の独鬼だと考えたようだが、それは当たっている。松助は目黒にいるのではないかと考えたのも正しい。

だが、太一郎は念次郎と一緒に目黒へ向かわなかった。まだするべきことが残っていると考えているからだ。

銀兵衛の祖父の幽霊は、かなり穏やかだと感じられる。この世への未練のようなものはほとんど残っていない。成仏する日も近そうである。

しかし独鬼の幽霊は違う。今もまだ強い無念を抱いているようだ。松助を捕まえて放さないのはこの男である。その怒りを鎮《しず》めないと松助を取り返すことはできない。

――まずは独鬼の縁者を見つけ出すことだろうな。

絵師としてようやく世に出られるという寸前で命を落としてしまった。独鬼が未練を残すとすれば、これが最も大きいに違いない。

うまいこと縁者の中に「絵師になりたい」という者がいれば、独鬼の思いを引き継ぐことができる。それで独鬼の無念は薄れるのではないだろうか。太一郎はそう考えている。

銀兵衛は独鬼の兄という人に会っている。さすがにその人はとうに亡くなっているだろうが、子孫は残っていそうだ。先ほど銀兵衛が呟《つぶや》いた「通油町の方に……」というのは、その子孫が住んでいる場所だろう。

話が火事のことに逸《そ》れたので待たされたが、やっと銀兵衛に訊《たず》ねることができる。そう思いながら太一郎が口を開きかけた時、また藤七が「あのう」と言い出した。

「もう一つ、これは常盤屋の大旦那さんにお伺《うかが》いしたいことがあるのです」

思わず太一郎は、後にしてくれませんか、と言いそうになった。しかし次に藤七の口から出てきた男の名前を聞いて、その言葉を引っ込めた。

「大旦那さん……あなたは『すっぽんの桑次郎《くわじろう》』という男のことを知りませんか」

これは藤七の亡き伯父が江戸で使っていた名である。桑次郎は今から三十年ほど前にこの江戸で借金の取り立て屋をやっていた。その仕事で得た金を元手にして、越ヶ谷宿で旅籠屋《はたごや》を始めたのだ。

その桑次郎が残した遺品を元の持ち主に返すために少し前に藤七は江戸に出てきて、太一郎たちと知り合ったのである。

「また随分《ずいぶん》と懐かしい名が出てきたね。うむ、知っているよ」

かなり不審げな顔つきをしながら銀兵衛は頷いた。

「だが、なぜお前さんがその名を知っているのか不思議だな」

「私は桑次郎の甥《おい》に当たる者です。伯父はもう亡くなりました」

「ふうん……そうか、あのお方は亡くなったのか」

借金の取り立て屋という仕事柄、桑次郎を憎んでいる者は多い。しかし一方で、桑次郎のおかげで人生を立て直せた、と感謝している者もいる。口ぶりからすると銀兵衛は後者のようだ。

「伯父が江戸にいた頃に関わりがあった方を何人か知っているのですが、私はその方々に何か思い出したことがあったら教えてくれ、と頼んでおいたのです。江戸での伯父の様子を少しでも知りたかったものですから。そうしたら、そのうちの一人の方がわざわざ私が働いている越ヶ谷宿の旅籠屋まで訪ねてきて、教えてくださったのです。こちらの常盤屋さんで伯父が仕事をしていたことがあるはずだ、とのことでした」

「ううむ。あまり体面のいい話ではないから喋《しゃべ》りたくないのだが、確かに『すっぽんの桑次郎』はこの店にいたことがあるよ。商売がうまくいかない時期があってね。方々で借金をこさえて……そんな時、とある知り合いが手を差し伸べてくれたんだよ。借金を肩代わりしてくれた上に、店を立て直すために桑次郎さんを寄こしたんだ。なかなかすごい人だったよ。私や奉公人を無理やり働かせてね。桑次郎さん自身はそれ以上に働いていた。おかげで今の常盤屋があるんだ」

「伯父はそういうやり方で借金をきっちりと取り立てていたみたいです。ただし常盤屋さんの時は、借金の肩代わりをしたその知り合いの方……深川佐賀町の松葉屋さんから礼金を得ていたようですが」

部屋の中で「ブホッ」という声がした。茶を啜《すす》っていた清左衛門が咳《せ》き込んだのだ。ここで松葉屋の名が出てくるとは思っていなかったようで驚いたらしい。

幸い茶を啜っていなかったので助かったが、太一郎も驚いている。五十四年前の火事の際に、当時の松葉屋の主《あるじ》と銀兵衛の祖父、そして独鬼との間に因縁があり、それが今に続いているせいで松助が捕らえられたことは分かっている。しかし三十年前にそんな関わりがあったかどうかは、太一郎の力では知り得なかった。

藤七のお蔭《かげ》で、どうして銀兵衛の祖父の幽霊が穏やかになっているのかが分かった。その時に常盤屋を助けてもらったからだ。藤七の知りたがりの癖《くせ》は面倒な時も多いが、なかなか侮《あなど》れない。

「藤七さん、だったたな。お前さんは松葉屋さんのことまで知っているのか」

「そのあたりのことも、私を訪ねてきた方に教えていただきました。松葉屋さんは筆や墨、硯《すずり》などを商っている店ですが、裏で金貸しもやって大きくなったようですね。

だから伯父のことも知っていた、と」

「その通りだ。しかし金貸しは三十年前にやめている。松葉屋さんは、今では真っ当な商売をやっているよ」

「もちろん松葉屋さんに対して含むところがあるわけではございません。私はただ、江戸での伯父の様子を知りたかっただけです。どうやら常盤屋さんは、伯父をさほど悪くは思っていないようだ。それが分かって安心しました」

「悪くどころか、むしろ感謝しているくらいだよ」

「左様でございますか」

ほっとしたような笑みを浮かべながら藤七は銀兵衛に頭を下げ、それから太一郎の方を向いた。

「話の腰を折って申しわけありません。どうぞ太一郎さんのお話を進めてください」

ようやく独鬼の縁者について聞ける。清左衛門はまだ少し咽《むせ》ているようだし、もう邪魔は入るまい。そう思い、安心しながら太一郎が口を開こうとした時、またそれを遮《さえぎ》る者が現れた。

「ああ、ちょっと待った」

ずっと黙ったまま客間の隅で煙草《たばこ》を吸っていた伊平次である。

「伊平次さん……まだ何かあるのですか」

というか、まだいたのか。すっかり忘れていた。

「さっき出ていった念次郎もそうだが、松葉屋の若旦那《わかだんな》の一件について太一郎はもうほとんど分かっているんじゃないか。それなら説明してくれないと、俺は別にいいけど鳴海屋のご隠居が不満に思うだろう。もし今ここでご隠居が死んだら、未練を残して常盤屋に居座ることになるぞ」

「そ、その通りだぞ、太一ろ……ゲホッ」

確かに死にそう……ということはないが、不満に思うのは間違いあるまい。後で愚《ぐ》痴《ち》を聞かされる羽目に陥《おちい》らないように、ある程度は教えておいた方が良さそうだ。

「私もまだすべてが分かったというわけではないのですよ。足りないところは銀兵衛さんが補ってくださると助かります。ええと、そもそも銀兵衛さんは、松葉屋の今の若旦那である松助さんが行方《ゆくえ》知れずになっていることをご存じですか」

「何だと……またそんなことになっているのか」

銀兵衛は苦々しい顔で呟いた。

「また、とおっしゃいますと……」

「今から十八年前に同じことがあったのですよ。いなくなったのは松蔵さんと言って、その若旦那の父親でしてね。気の毒なことに、見つかった時には空き地で死体になっていた」

「へえ……それはびっくりです。松蔵さんが亡くなっているのは知っていましたが、てっきり二十年前の車町火事の時ではないかと思っていました」

太一郎はそう言いながら清左衛門を見た。喉の調子は戻ったようだ。平然とした顔をしている。

「……あれ、ご隠居様はご存じだったのですか」

「うむ、松蔵さんのことは伊平次から聞いた。その伊平次は湯屋の親父から聞いたそうだ。昨日、太一郎と別れた後のことだからまだ伝えていなかったんだよ」

「左様でございますか」

太一郎は銀兵衛へと目を戻した。

「その空き地があったのは、目黒でございますね」

松蔵の死にも独鬼との因縁が関わっているのなら、間違いなくそこで見つかったはずだ。

「そう聞いていますよ」

銀兵衛が頷いたので太一郎はほっとした。

「それだけではありませんよ。そのさらに十八年前に、松蔵さんの父親の亀松さんが同じような形で亡くなっています。こちらは空き地ではなく、長屋の屋根の上で死体が見つかったそうです」

「ええっ」

これはまったくの初耳である。太一郎は目を丸くした。しかし清左衛門はやはり平然としている。

「……ご隠居様、もしかしてこれもご存じでしたか」

「うむ、湯屋の親父が詳《くわ》しかったそうでね」

「さ、左様で……」

他の者の方がよく知っている。自分が説明するどころではない。

「……それで、亀松さんが見つかったのも目黒でしょうか」

「そうらしいね」

「当然、松葉屋さんもそのことはご存じなはずです。それなら行方知れずになっている松助さんをすぐに見つけられそうなものなのに」

「二十年や三十年も経《た》つと、様子が変わっている場所もありますからな。それに松葉屋さんの今の主の継右衛門さんは、亀松さんが亡くなった時はまだ若かった。松蔵さんの時は、確か仕事で上方に行っていたと聞いています。だから目黒ということは分かっていても、詳しい場所までは知らないんじゃないでしょうかね」

「ふうむ……そこは五十四年前に料理屋があった場所で間違いないでしょう。しかし行人坂の大火で焼けてしまい、後に同じ場所に平屋の長屋が建てられた。三十六年前に亀松さんの死体がその屋根の上で見つかったということは、料理屋の二階で因縁めいた何かが起こったのだと思われます。そして十八年前、その長屋は建て替えるために取り壊された。松蔵さんが亡くなったのは空き地になっていた間のことでしょうね」

今はまた別の長屋が建てられて、そこで念次郎が幽霊に遭《あ》った、というわけだ。

つまり、松助は今そこに捕らわれている。松葉屋への恨《うら》みが消えた銀兵衛の祖父によって独鬼の動きは抑えられているようだが、なるべく早く助けないと松助も死体になってしまう。

「さて、それでは五十四年前の話に移ります。銀兵衛さんにお伺いしたいのですが、独鬼というまだ芽の出ていない絵師と、その面倒を見たいという銀兵衛さんのお祖父さんの間を取り持ったのは、その頃の松葉屋の主だった人ですね」

「うむ。まだ店は小さかったが、松葉屋は今と同じ商売をしていましてね。絵を描く人もよく訪れていたのですよ。そういう客の中に独鬼がいたのです。で、亀松さんが間に入って儂《わし》の祖父と……」

「えっ、亀松さんだったのですか」

間を取り持ったのは亀松のさらに先代だと思っていた。

今回は時と場所が捻《ねじ》れていたり、念次郎を通して見るだけで直《じか》には幽霊に遭っていなかったりするので、なかなか調子が出ない。

「ううん……すみません、少し無理やりですが話をまとめます」

太一郎はそこでいったん清左衛門と伊平次に向かって軽く頭を下げてから、再び口を開いた。

「五十四年前、銀兵衛さんのお祖父さんと絵師の独鬼、そして亀松さんが目黒にある料理屋で会いました。しかし三人は翌日に起こった行人坂の火事に巻き込まれ、亀松さんは助かりましたが、他の二人は命を落としてしまいました。その際に、因縁めいた何かが起こったのだと思われます。これについては、多分こうなのだろう、というのはあるのですが、不確かなので私から口にすることは……」

「面倒臭《くさ》い。構わないから言っちまえよ」

伊平次が顔をしかめた。

「どうせ火事場泥棒をしたとか、そのあたりじゃないのかい」

「は、はい。恐らくですが……銀兵衛さんのお祖父さんはこれから絵師の面倒を見ようと考えていたので、ある程度の金を持っていたのではないでしょうか。独鬼が暮らしていく当座の金です。火事が起こったのをいいことに、亀松さんがそれを盗んだのではないか、と思うのです。とにかくその時の出来事で、銀兵衛さんのお祖父さんと独鬼は亀松さんに恨みを抱いてしまった。それは十八年後に晴らされますが、恨みが大きいので亀松さん本人だけの死では終わらず、子孫にまで続いてしまっている。それが松蔵さんの死であり、松助さんが行方知れずになった原因です。ただし、銀兵衛さんのお祖父さんの方はもう松葉屋のことを恨んではいません。むしろ、もうやめにしようと思っているみたいです。そのためにここへ念次郎さんを呼び寄せたのでしょう。常盤屋さんと松葉屋さん、そして独鬼の因縁を教えるために。しかし残念ながらお祖父さんと違い、独鬼の方はいまだに恨み続けている。これをどうにかしないと松助さんは戻ってこないと私は考えています」

「ふむ。だいたい分かったよ」

清左衛門が頷きながら湯呑《ゆの》みを口元に運んだ。しかしさっき咽たことを思い出したのか、飲まずにそのまま茶托《ちゃたく》の上へ戻した。

「ところで、十八年ごとに起こっているというのはなぜなのかね」

「それも不確かなのですが……その時の火事の際に、亀松さんが金を盗んだ相手の数だと思います。銀兵衛さんの話では、五十四年前はまだ松葉屋は小さかったということでした。多分その時に盗んだ金で店を大きくし、さらに金貸しまで始めた、というところでしょう」

「十八人分の恨みが籠《こ》もっているわけか」

「しかし、他の者については、私は感じ取ることができないのです。十八年後に亀松さんが死んだ後、松葉屋を継いだ次の主は、何らかの罪滅ぼしをしたのではないでしょうか。店の恥になることですから、分からないように少しずつ。常盤屋さんの借金を肩代わりしたのもそのうちの一つでしょう」

多分、同じ料理屋にいた人や、その近所に住んでいた人から盗んだのだろう。だから長くかかったが、すべての者に対する罪滅ぼしができた。火事が広がった先で泥棒をしていたら、相手を探すのは無理だったはずだ。

「このあたりのことは、今の松葉屋の主の継右衛門さんに訊ねた方がいいでしょう。まず松助さんを無事に助け出すことができれば喋ってくれるのではないでしょうか。まず間違いなく、あの人は知っています」

松助に、写経をした紙や数珠《じゅず》を持たせていた。それに「二階に上がるな」という首を傾げたくなるような決まり事を守らせていた。継右衛門はすべて分かっている。ただ一点、料理屋があった正確な場所だけを除いて。

松葉屋の奉公人は目黒の町々を走り回っていることだろう。継右衛門は店の恥になるような過去の出来事を漏《も》らさないように命じているはずだから、きっと奉公人たちは怪しまれているに違いない。

「ううむ。しかし相変わらず独鬼だけは恨みを残していて、律義に十八年ごとにそれを晴らしているのか」

「貧乏絵師の独鬼は盗まれる金など持っていませんので」

もしかしたら独鬼の縁者に対して松葉屋は金を渡すなどしたかもしれない。しかしそれでは駄目《だめ》だ。独鬼の無念は、絵師として世に出る寸前で死んでしまったことなのだ。

「それなら、太一郎はどうするべきと考えているのかね」

「独鬼の縁者を捜《さが》そうと思います。もしその中に絵師になりたいと考えている者がいれば、独鬼の恨みも薄れるのではないでしょうか。先ほど銀兵衛さんは……」

逸れた話がやっと元に戻ったと安堵《あんど》しながら太一郎は銀兵衛に訊ねた。

「……掛け軸を見た時に『確か通油町の方に……』と呟いていました。銀兵衛さんは独鬼の兄という人に会われたことがおありのようですので、他の縁者のこともご存じでしょう。その中に絵を描いている者がいるのではありませんか。そのような口ぶりだと感じたのですが」

「うむ、いますよ。独鬼の兄の孫に当たる男です。まだ若くて、版木彫りの職人の下で修業をしています。しかし絵を描くのが好きみたいでしてね。版木を彫る方ではなく、彫られる方になりたいと思っているらしい」

「その人の力になってあげることはできませんか。継右衛門さんにもそうお願いするつもりですが……」

「ふうむ、そうですね……うちの祖父の意思を継ぐことにもなるし」

銀兵衛が頷くのを見て、太一郎は急いで立ち上がった。あまりうかうかしていると松助があの世に行ってしまう。

「それでは銀兵衛さん、すぐにその人の許へ案内してください。その後で松葉屋さんへ乗り込んで継右衛門さんと話を付けようと考えていますので、鳴海屋のご隠居様も一緒にいてくださると助かります。それから藤七さんは……さすがに千石屋へ顔を出さないといけませんか。それなら松助さん捜しのために走り回っている人たちに、もう結構だと伝えてください」

「俺は釣りに行っても構わないかい」

「伊平次さんは……ああ、一つお願いがあります。浅草まで行って、巳之助に目黒に来てくれるよう伝えてほしいのです。多分、あいつの力がいると思うので」

「それは面倒臭いな。釣り道具を取りに皆塵堂には戻るから……円九郎に行かせればいいか」

「ええ、それで結構です。巳之助とは行人坂で落ち合うということで、よろしくお願いします。それを円九郎さんに伝えた後は、どうぞ釣りに行ってください」

太一郎はそれだけ言うと、手早く掛け軸を箱に仕舞《しま》い、足早に客間を出た。銀兵衛や清左衛門と一緒に行くことは分かっているのだが、落ち着いていられなかったのだ。表で待つつもりだった。

　裏口をくぐり抜けた後で、太一郎は目黒と思われる方角を眺《なが》めた。今回はうまく見ることができずに苦労したが、何とか無事に収まりそうだ、と胸を撫《な》で下ろした。

二

念次郎が暗闇の中で目を覚ました。

ここはどこだ、と思いながらゆっくり体を起こす。周りを見回したが、暗すぎて何も分からなかった。

外ではない気がする。念次郎は自分が座っている場所を手で撫で回してみた。どうやら板張りの床のようだ。これまでのように見知らぬ部屋でいきなり気づいたのだと考えてよさそうである。

四度目なので驚きはないが、目が利かないのは困った。暗闇に目が慣れるまで動かない方がいいと考え、念次郎はその場に座ったまま、ここへ来る前のことを思い返してみた。

日本橋の箔屋町にある常盤屋を出てから、目黒まで一気に歩いたのは覚えている。かなり離れているので、着いた時には昼をとうに過ぎていた。

それに、ものすごく疲れていた。だから行人坂の辺りを捜し回る前に、昨日訪れた裏店へと向かった。福蔵という年寄りが大家をやっている長屋だ。そこで少し休みつつ、福蔵から話を聞こうと思ったのである。

念次郎は長屋の木戸口を通り抜けた。そして……。

その先を覚えていない。次に気づいたらここにいたのだ。

――参ったな。

どんな部屋にいるのか知りたいが、なかなか暗闇に目が慣れない。

念次郎は両腕をそっと横に伸ばしてみた。右手には何も触れなかったが、左手の指先が何か硬い物に当たった。

さらに腕を伸ばし、手の平を使って撫でてみる。壁だ。どうやら自分は部屋の隅っこで寝ていたらしい。

念次郎は立ち上がった。目が利かなくても壁伝いに進めばいい。必ずどこかに出入り口があるはずだ。

左手を壁に付け、右手を前に出してゆっくりと歩き出した。皆塵堂のように簪や毛抜きが落ちているなんてことはないだろうが、念のために摺《す》り足である。
五、六歩ほど進むと右手が壁にぶつかった。部屋の角に着いたようだ。念次郎は壁に沿って右に曲がった。
そこからいくらも歩かないうちに、今度は左手に何かが当たった。柱みたいだが、それにしては細めである。戸口の木枠ではないか、と思いながら手を下にずらすと、床に着く前にその木は右に曲がっていた。窓枠だったようだ。

もちろんそれでも構わない。外に出られさえすればいいのだ。まったく光が漏れていないが、きっと隙間《すきま》がないほどぴったりと雨戸が閉まっているのだろう。

――常盤屋のように釘で止めていたら駄目だが……。

そうではないことを祈りつつ、念次郎は雨戸の端を探った。しかしいくら手を動かしても見つからなかった。前面に大きな板があるのだ。部屋の内側から窓を覆《おお》っているらしい。

その板はしっかりと釘で止められているらしい。無理やり手で板を引き剝《は》がすのは無理そうだった。爪が入る隙間もない。

――ここから出るのは諦《あきら》めるか。

戸口を見つける方がいい。そこも板か何かで塞《ふさ》がれているかもしれないが、とりあえず探してみよう。

念次郎は再び歩き始めた。

間もなく二つ目の角に着いた。右に折れて、さらに壁伝いに進む。すると十歩も行かないうちに次の角に右手が触れた。

これで部屋の大きさが分かった。小股《こまた》で慎重に足を運んでいるので、一歩あたり一尺半ほどしか進んでいないはずだ。四歩で一間といったくらいか。そうなるとこの部屋は、短い方が一間半、長い方が二間半といったところだろう。板の間だが、もし畳を敷いたら七畳半ほどの広さになる。

——向こうに窓があるなら、多分こちらに戸口があるはずだ。

そう思いながら念次郎はゆっくりと歩を進めた。だが、戸口らしきものに左手が触れないまま次の角に着いてしまった。

——なんだ、自分が初めに寝ていた場所のすぐ近くに戸があったのか。

無駄に一周してしまった。苦笑いを浮かべながら念次郎は部屋の角を曲がり、壁を慎重に探りながら進んだ。ところが……。

——どういうことだ？

戸口らしき場所に触れないまま、次の角に着いてしまった。まさかと思いながらそこを折れ、少し先の壁を手で撫で回す。案の定、窓を塞いでいるらしい板がそこにあった。

——この部屋、窓から出入りするのか？

戸口がないのだからそうするしかない。しかし世の中にそんな妙な部屋があるのだろうか。

目が利かないのが残念だ。この部屋がどうなっているのか見てみたい。わずかでも光があればいいのだが……。

そう思った時、部屋がかすかに明るくなった。窓枠に張られている大きな板が目に入る。いったい何が起こったんだ、と不思議に思いながら念次郎は光がある方を見た。

「うおっ」

思わず声を上げた。光っているのは男だった。昨日の朝、謎の長屋で会った三十くらいの痩《や》せた男が部屋の隅に立っているのだ。

自分の考えが正しければ、それは地獄仏独鬼という雅号の絵師である。だが、さすがにここで相手の名を訊ねる度胸はない。念次郎はただ呆然《ぼうぜん》と男の顔を見つめながら立ち尽くした。

男は苦虫を噛《か》み潰《つぶ》したような顔で念次郎を睨《にら》んでいる。何か大きな不満を抱いているようだ。まったく心当たりはないが、とりあえず謝っておこうと思った。

しかし、念次郎より先に男の口が動いた。

「……返してやるよ」

実際に声が出たわけではない。念次郎の頭の中に直に響いたのだ。

「へ？」

返すって、何を……と思っていると、男が自らの足元を指差した。

そこに人が横たわっていた。よく知っている人物だ。

「わ、若旦那っ」

松助だった。仰向けに寝そべり、目を閉じている。生きているのか、それとも死んでいるのかは、ここからでは分からない。

「わ、若旦那っ」

念次郎はまた叫びながら松助へと近寄った。そのすぐ向こうに幽霊がいるが、怖がっている場合ではない。念次郎は寝そべっている松助の横に座り、その体を揺すった。

「ううん……」

松助が声を漏らした。それとほぼ同時に部屋が元のように暗くなった。男の幽霊が消えたのである。

「若旦那、起きてください」

暗闇の中で声を掛けながら何度も体を揺さぶる。すると松助はまた「ううん」と唸《うな》った。

「……あれ、目を開けたのに何も見えないぞ」

起きたらしい。声の様子からすると、特に具合は悪くなさそうだ。いつも通りの、のんびりした喋り方である。

「わ、若旦那……生きていらっしゃったんですね」

「その声は念次郎さんかい。もちろん私は生きていますよ。死にそうなほど腹は減っていますけど」

松助が体を起こしたので、念次郎は揺すっていた手を離した。

「それにしても、ここはどこなんだい」

「あっしにも分からねえんですよ」

「確か、念次郎さんと一緒に妙な料理屋にいたと思うんだけどねえ」

どうやら松助はあの後、ずっとここで寝ていたようだ。飲まず食わずで三日目である。さすがに腹も減るだろう。

「真っ暗ということは、今は夜なのかな」

「いや、まだ昼間だと思いますよ。夕方かもしれませんけど」

昼飯を食っていないから自分も腹は減っているが、晩飯まで抜いたというほどの空腹ではない。

「そうなると、雨戸が閉まっているのかな。開けるなり、行灯《あんどん》を点《つ》けるなりしないといけないね」

「それが、窓に板が打ち付けられていて開かないんですよ。行灯どころか部屋の中には何もないし。ついでに言っておくと、この部屋、戸口がないんです」

幽霊ばかり見ていたのであまり自信はないが、さっき部屋が明るくなった時に戸口が目に入った覚えはない。部屋も空っぽだったはずだ。

「ないない尽くしだね。それではどうしようもないからさ、念次郎さん、ちょっと私が見た夢の話を聞いておくれよ」

「若旦那、それはいくらなんでも……」

呑気《のんき》すぎる。

「話さないといけない気がするんですよ。夢って、起きてすぐは覚えているけど、しばらくすると忘れてしまうからね。だから今のうちに」

「はあ……それならどうぞ」

散々捜し回り、やっと会えたのだ。多少の我儘《わがまま》なら許せる。

「夢の中で私は料理屋にいるんですよ。目の前には二人の男が座っている。片方はお年を召した方で、私はその人を常盤屋さんと呼んでいました。もう片方は三十くらいの痩せた方で、どうやら絵師らしいのです。そう言われたわけではないのですが、なぜか私には分かっているのですよ」

夢の中ではありがちなことである。

「私は松葉屋さんと呼ばれていました。若旦那ではありません。旦那として扱われていました」

「ちょっと待ってください。若旦那、その話はあの奇妙な料理屋でもしていませんでしたかい」

「ああ、そうだったね。だけどその時は、今話したところまでで目覚めてしまったはずです。今度のはね、さらに続きがあるんですよ。その絵師は、腕はいいのですが、なかなか芽が出ないで困っていらっしゃった。一方、常盤屋さんというご老人は、そういう絵師の面倒を見るのが好きな方だった。私はご両人を知っていたので、間に立って二人を引き合わせたようなのです」

確か銀兵衛が五十四年前の火事のことを話していた時に、二人を引き合わせた者がいた、と言っていた。どうやらそれが松葉屋だったらしい。多分、松助の祖父か、曽祖父に当たる者だろう。

「うまく話がまとまり、常盤屋さんがその絵師の面倒を見ることになりましてね。とりあえず、ということでいくらかのお金を渡していました」

松助はさらりと言っているが、きっと結構な額だったに違いない。

「で、その後は夜明けまで酒を飲み、そのまま料理屋に泊まりました。ああ、念のために言っておきますが、綺麗《きれい》な女の人と一緒に……みたいな色っぽい話はありませんよ。三人とも一人でそれぞれの布団《ふとん》に入って寝ました。ところが、目を覚ますと大変なことになっているではありませんか」

夢の中で目を覚ますというのも考えてみると妙な話だが、念次郎はそういう夢を見たことがある。だから珍しいことではないのかもしれない。

「なんと、部屋の中に煙が漂っているのです。それに外で大騒ぎしている声が聞こえてくる。どうやら火事のようなのです。私は飛び起きて、慌てて部屋を出ました。そうしたら、梯子段《はしごだん》の所に常盤屋さんと絵師が倒れているではありませんか」

「下りる梯子段ですね」

「その通りです。言い忘れていましたが、私たちは料理屋の二階で寝ていました。よく分かりましたね」

「ええ、まあ」

「多分、倒れている二人は煙を吸ってしまったのだと思います。まだ息があるのか、それとももう亡くなってしまったのかは分かりません。しかし、そのまま私だけ逃げるわけには参りませんでしょう。だから私は二人を両脇に抱きかかえて梯子段を下りたのです」

「若旦那がですかい」

松助にとてもそんな力があるとは思えない。

「ええ、私がです。しかし、さすがに無理がありましてね。危うくお二人を梯子段から落としそうになってしまいましたよ。どうにか支えることはできたのですが、代わりにお二人の懐《ふところ》からお金がばらばらと落ちていったのです」

「一応、伺っておきますけど、それは小判ですよね。四文銭ではありませんよね」

「小判です。それが梯子段の下に散らばってしまった。しかし、一刻も早く逃げねばいけませんでしょう。仕方がないのでお金はそのままにして、私はお二人を抱きかかえて料理屋の出入り口を目指しました」

「うわ……」

もったいない話である。

「ところが一階の方が火の勢いが強く、炎と煙に遮られて進むことができないのです。そうこうするうちに私も力尽きて……そこでまた目が覚めました」

「は？　それはさっき、あっしが起こした時のことですかい」

「いいえ、違います。また料理屋の二階で目を覚ましたのです。部屋の中に煙が漂よっていて、外では大騒ぎをしている。私は飛び起き、慌てて梯子段の所に行く。するとお二人が倒れていて……」

「同じ話じゃないですかい」

「そうなのです。まったく同じことを繰り返して……何十回目かの時に念次郎さんに揺り起こされたというわけなのですよ」

「ひええ」

松助はかなり長く眠り続けていた。何十回どころではなかったのではないか。

「若旦那、本当に同じことをし続けたんですかい」

「そうですよ」

「途中で違うやり方を試そうとは思わなかったんですかい。例えば、二人を放り出して金を拾い、そのまま一人で逃げちゃうとか」

「それは……あり得ないでしょう。倒れている人を見捨てるなんてできません。何百回、何千回と繰り返しても同じだったと思いますよ」

「へえ……あっしにはとても無理だ」

五回目くらいで試しそうである。

「いやあ、念次郎さんだって同じだったと私は思いますよ。きっとお金より人助けが大事だと考える人でしょう。だから私は念次郎さんに仕事の注文をするし、こうしてお付き合いさせていただいているのです」

「それは買いかぶりすぎだ」

だが悪い気はしない。もし自分が松助と同じ目に遭ったら、違うやり方を試すのは十回目くらいにしようと念次郎は心に誓った。

「さて若旦那。夢の話も終わったようですから、そろそろここから出ることを考えましょうよ。窓を塞いでいる板は、無理をしたら剝がせるんじゃないかな。もちろん若旦那にさせるわけにはいかないので、あっしが……」

念次郎がそう言いかけた時、轟音《ごうおん》と共に部屋が揺れた。体を支えるために床に手をついてしまうほどだった。

「これは……」

また揺れた。地震とは異なる気がする。もっととんでもない天変地異が起きたのかもしれない。

「……この世の終わりが来た？」

「いや、念次郎さん、さすがにそれは違うでしょう。確かにものすごい揺れですが、音は一方からしか聞こえません。何か大きな物が壁にぶつかっているみたいですよ」

松助の言う通りだった。念次郎は若旦那の落ち着きに舌を巻いた。

再び凄《すさ》まじい轟音が響き渡り、同時に部屋の中に光が差した。壁に穴が開いたのである。窓のある方から見て左側の壁だ。

「おっ、二人ともいるな」

穴の向こうから男が覗《のぞ》いた。その顔を見た途端《とたん》、轟音と揺れに動じなかった松助が「ば、化け物っ」と驚いたような声を出した。

念次郎も危うく同じことを言いそうになった。しかし前日に会ったばかりの知っている男だったので、辛うじて口に出さずに済んだ。

「若旦那、化け物ではありません。棒手振《ぼてふ》りの魚屋の、巳之助さんです」

念次郎は松助にそう囁《ささや》いてから、巳之助に声をかけた。

「巳之助さん……昨日はどうも」

「おう念次郎、怪我《けが》はないな。ええと、そっちにいるのが松助さんかい」

「は、はい」

「ちょっと待ってな。もう少し穴を大きくするから」

巳之助はそう言うと、向こう側から穴の横を手の平で叩いた。大槌《おおづち》や鳶口《とびぐち》のような道具は持っていない。どうやらこの男は己の体だけを使って壁に穴を開けたらしい。

「若旦那……すみません。さっき言ったのはなかったことにしてください。あの人、やっぱり化け物です。人間とはとても思えない」

一際《ひときわ》大きな音が響き渡り、壁が崩れ落ちた。

巻き上がった埃《ほこり》の向こうに、満足げな顔で仁王立ちしている巳之助が見えた。

そこは七畳半くらいの広さの部屋だった。隅に梯子段の下り口があるので二階らしい。もう夕方らしく、窓から入る西日が横から巳之助に当たっている。その赤い光に照らされた姿はまるで不動明王《ふどうみようおう》のようだった。

その後ろでは太一郎がほほ笑んでいた。清左衛門もその横で満足げに頷いている。

驚いたことに、松葉屋の主の継右衛門も部屋に立っていた。

さらにその後ろの方には、呆然とした顔で壁に開いた大穴を見つめる福蔵の姿があった。

三

太一郎は福蔵が大家をやっている長屋の空店にいる。

ここには二階建てと平屋の二棟があるが、その平屋の方の一室である。同じ部屋には清左衛門と継右衛門、そして福蔵もいた。念次郎と松助は、とにかく腹が減ったということで近くの蕎麦屋《そばや》に行っている。巳之助も小腹が空いたと言って二人に付き合っている。

松助が眠り続けていた場所は、同じ長屋の二階建ての方だった。木戸口から見て一番手前側に当たる住まいだ。そこの二階の部屋に松助はいたのである。

昨日の朝、念次郎が見知らぬ長屋で目覚めて銀兵衛の祖父と独鬼の幽霊に出遭ったが、それは同じ場所の一階の部屋である。つまりその時、すぐ上に松助が寝ていたということになる。銀兵衛の祖父の幽霊が天井を指差したのは、それを教えようとしていたらしい。

「まさか壁があんなふうになるなんて思わなかったよ……」

福蔵はまだ立ち直っていない。突然自分の部屋に数人の男が訪ねてきて「人の命が

懸かっている」と言うので、仕方なく二階に上げたら壁に大穴を開けられたのだ。今にも

しかも福蔵はここの大家である。長屋を壊されて嘆くなと言う方が無理だ。今にも死にそうな顔をしている。

「壁を直す際にかかるすべての銭は儂が出すから」

「いえ、うちでお支払いします」

清左衛門と継右衛門が口々に言ったので、福蔵の顔に赤みが戻った。

「本当でございますか。どうかよろしくお願いします。ええと、それで……今後はあの二階の部屋に幽霊が出なくなるという話は本当なのかな」

福蔵は太一郎にそう訊ねた。

「そんな話だったから、皆さんを儂の部屋に上げたんだよ。そうしたら壁があんなことに……」

また少し顔色が悪くなった。大家と言っても家主は別にいて、福蔵は雇われている身だから、壁がすっかり元通りになるまではこんな調子が続くに違いない。大家という仕事も大変だ。

「あの部屋の二階には、ずっと二人組の幽霊が居座っていたんだ。だから隣に住んでいる儂も、二階へはほとんど上がらなくて……儂と同じくらいの年の方は滅多《めった》に姿を

現さないが、三十くらいの年の男は、誰かがあの部屋に入ると脅《おど》しに出てくるんだよ。それであそこは借り手がいなくてね。家主ももう諦めて、あそこの二階を封じてしまったんだ。まず二階の窓に板を張ってね。それから梯子段を外し、一階の天井にも板を張り付けてその穴を塞いだんだよ」

二階の部屋には梯子段から落ちないように柵《さく》が作られていたと思うが、それも外したらしい。もうこの部屋は決して使わないという意志の表れだろう。

「ご心配には及びません。三十くらいの男の方はもうしばらく出ると思いますが、あと二、三年ほどで……」

太一郎はそう答えながら清左衛門と継右衛門の顔を見た。

独鬼の縁者で、絵師になりたいという願いを持つ者は見つかった。年は十六で、通油町にある版木彫りの店で働いていたのだ。しかし今後は常盤屋と松葉屋という二つの大店が後ろ盾《うしだて》になって、有名な絵師の下に弟子入りすることに決まっている。

それだけではない。清左衛門もその若者が絵師として世に出られるように力を貸すことになっていた。もちろんその若者の絵の腕次第のところはあるが、清左衛門がその気になれば、強引な手を使って無理やり世に出すこともできるだろう。

「……あと数年のうちには必ず消えます」

ただ、さすがに二、三年では無理かと思い、太一郎は言い直した。

「ううむ……まあ、それくらいならここの家主も待つだろう。もちろん儂もね。何しろ二階建ての長屋に建て直してから十八年もの間、ずっと出ていたんだからね」

「その前は、あちら側の棟も平屋だったのですね。どういう流れで建て替わっていったのか、少し伺いたいのですが」

過去に起こった出来事については、すでに継右衛門から聞いている。太一郎が常盤屋で、銀兵衛に補ってもらいながら「多分こうなのだろう」と話した内容は、すべて当たっていた。

独鬼の絵は、この目黒に向かう途中で箱を覗いたら灰になっていた。もう役目を終えたということだ。あとはこの長屋について聞けば、不明な点がなくなってすっきりする。

「五十四年前の火事でこの辺り一帯が焼けた後、料理屋だったこの場所は長屋に変わったんだ」

福蔵が遠い目をしながら話し始めた。まさかその頃から大家をしていたということはあり得ないから、きっと子供の頃からこの辺りに住んでいたのだろう。そう考えながら太一郎は耳を傾けた。

「建てられたのは今と同じように二棟だが、どちらも平屋だった。ところが火事から十八年後、その平屋の屋根の上で死体が見つかったんだよ」

松助の祖父の亀松である。

「お役人が調べに来たりして、大変なことになったと思うだろう。ところがね、不思議とそうはならなかったみたいなんだ。屋根の上で亡くなったのは、そちらの松葉屋さんの父親だったそうだが……」

「ええ、その通りです」

継右衛門が口を開いた。

「うちの店はお役人様や目明かしなどに顔が利きましてね。裏から手を回しました。松葉屋はその後、私の叔父が継いでいます」

亀松の弟である。継兵衛《つぎべえ》という名だったらしい。亀松の子であり、松助の父親である松蔵は、その頃まだ十二、三歳だった。そのため繋《つな》ぎとして店主に収まったという。

この継兵衛は、兄が火事場泥棒をしたことを知っていたようだ。だから亀松が死んだ後、独鬼や銀兵衛の祖父、その他の金を盗られた者たちの霊を慰めるために奔走《ほんそう》している。しかし……。

「それからさらに十八年後に、また死体が出たのですね」

太一郎の問いに、福蔵は苦々しい顔で頷いた。

「そうなんだよ。屋根の上で死体が見つかった後、この長屋は空店が増えてね。まあ無理もないが、家主や当時の大家としては堪《たま》ったものではない。その時はまだ幽霊がどうとかいう話はなかったんだが、それでも縁起が悪いから建て直したらどうかという話は出たようだ。だが建ててまだ二十年も経っていないから、たとえ安普請であったとしても十分に使える。それで誤魔化《ごまか》しながら十八年も頑張った。その頃になったらさすがに古くなったので、ようやく建て替えを決めたんだよ。せっかくだからと死体が見つかった方の長屋は二階建てにすることになった」

悪い印象を消すために家主は思い切ったのだろう。ところが不幸なことに……。

「まず古い長屋を取り壊して、ここは更地になった。で、いよいよ新しい長屋を作ろうとしたら死体が見つかったんだ。実はちょうどこの建て替えの時に、ここの大家も入れ替わっているんだよ。つまり儂が大家になったんだ。そうしたらいきなり死体だよ。本当にもう……」

福蔵は大きくため息をついた。

「まあ、前の時と同じように、あまり面倒なことにはならなかったがね。亡くなっていたのは松葉屋さんの、ええと……？」

「私の兄の松蔵でございます。ご迷惑をおかけしました」

継右衛門がそう言って福蔵に頭を下げた。

松蔵が死んだ時、子の松助はまだ四つだった。それで繋ぎとして継右衛門が松葉屋の店主になり、さらに親代わりとして松助を育てたのだ。

継右衛門は、先々代の店主だった継兵衛から、亀松が火事場泥棒をしたことや、祟《たた》りらしきものが原因で死んだことなどを聞いていた。すでにその継兵衛が祟りを鎮めるために奔走していたことも知っていたので、松蔵が死んだ後、打つ手が分からなかった。松助が同じ目に遭わないように「二階に上がるな」などの決まりを守らせるのが精一杯だったらしい。

――だが……。

松助が命を落とさずに済んだのは、継右衛門の力が大きいと太一郎は考えている。

蕎麦屋に行く前に、松助は太一郎に夢の話をした。念次郎にも聞かせたが、太一郎にも話さなければいけない気がしたそうだ。

独鬼や銀兵衛の祖父の懐から小判が落ちたが、二人を助けるためにそのまま放っておいた、というくだりを聞いた時、太一郎は思った。きっと松助の父親の松蔵は、同じ夢の中でその金を盗ったのだろう、と。

松助はのんびり屋らしいが、間違いなく真っ当な人間に育っている。助かったのはそのお蔭だ。

この男は人捜しは下手だが、子育てに関しては達人かもしれない、と太一郎は感心しながら継右衛門の顔を眺めた。

四

翌日、念次郎は松助を連れて皆塵堂にやってきた。

「ははあ、なるほど。聞いていた通りの店でございますねえ」

前もって皆塵堂がどういう店か話しておいたので、その汚さを見ても松助は驚いた様子がなかった。それどころか感心しているようだ。

念次郎の方がむしろびっくりしている。もちろんそれは店が汚いからではなく、中に多くの人がいたからだ。

まずは店土間にいる円九郎が目に入った。どうやら今日も米屋ではなく、こちらで働かされているようだ。多分、店土間の片付けをしているのだと思うが、ただうろうろしているようにしか見えない。あまりにも物が溢れているせいで、何から手を付けていいのか分からないのだろう。その気持ちは分かる。

作業場には峰吉が座り、古道具の修繕《しゅうぜん》をしていた。今は竹で編まれた笊《ざる》を器用に直している。

奥の座敷には伊平次と清左衛門、太一郎に加えて、常盤屋の銀兵衛と手代の豊八もいた。それから鮪助も床の間で丸くなっていた。

猫はともかく、五人もの男が座敷に集まっているのでかなり狭苦しく感じる。これで巳之助がいればもっと酷《ひど》いことになるが、幸いその姿はないようだ。まだ昼前だから棒手振りの仕事をしているに違いない。

「みなさん、お集まりのようで。何かあったんですかい」

さすがに自分まで座敷に入ると邪魔になると考えて念次郎は手前の部屋で止まり、腰を下ろしながら声をかけた。

「念次郎こそ何の用で来たんだね」

清左衛門が返事をした。

「お前は仕事をしっかりやらねばいけない人間だろう。三日間も他のことをしていたのだから」

「もちろんそのつもりですよ」

世話になっている親方の許には、朝起きて早々に挨拶《あいさつ》を済ませている。

「ただ、替えの褌《ふんどし》とか手拭《てぬぐ》いをこちらに置いたままにしていましたので、それを取りに来たのです。それと、松葉屋の若旦那がどうしても皆塵堂に来たいと言うものですから、案内してきたのですよ」

念次郎はそう言いながら振り返った。まだ松助は店土間の中ほどにいる。下に落ちている物を踏みつけないよう、慎重に進んでいるので遅いのだ。皆塵堂に初めて足を踏み入れたのだから仕方あるまい。

「ほう、よく来たね。体の具合はどうだね」

「お蔭様で、もうすっかり元通りでございます」

松助はようやく店土間を通り抜け、作業場に上がった。

「私は三日間も寝続けていたそうですが、悪いところはまったくありません」

「ふむ、それはよかった」

「ありがとうございます」

松助は念次郎のいる部屋に入ると、他の者に会釈をしてから座った。やはり自分まで座敷に入ると狭くなると考えたのだろう。

「ええと、若旦那は常盤屋さんの人に会うのは初めてでしたね。あちらにいらっしゃるのが常盤屋の大旦那の銀兵衛さんと手代の豊八さんです」

念次郎が紹介すると、松助は「亀松の孫の松助でございます」と銀兵衛に向かって頭を下げた。

「叔父の継右衛門から昔の出来事を聞きました。私の祖父が、そちらのお祖父様にご迷惑をおかけしたようで」

「なに、五十四年も前の話だ。それに、その後はうちの祖父さんの方が幽霊になって松葉屋さんに迷惑をかけたみたいだからね。まあ、今回のことで治まりそうだから、よしとしようじゃないか」

銀兵衛はそう言って笑った。

「ところで常盤屋さんの方はどうですかい。お店のことと……旦那さんの様子は」

念次郎は銀兵衛に訊ねた。呪いの原因を作った旦那の金十郎は、他の者と違って常盤屋を離れても床に臥《ふ》したままだったはずだ。

「店の方は昨日のうちに元に戻したよ。近くの長屋に移ってもらっていた奉公人たちも帰ってきた」

銀兵衛は機嫌のよさそうな顔でそこまで言うと少し顔をしかめた。

「金十郎は……知らん。呪いが解けたから死ぬことはないだろう。あいつのことはしばらく放っておくよ。それよりも、あいつがこさえた儂の孫の方が今は気になる。店が落ち着いたら、豊八に様子を見に行かせるつもりだ。できればうちで引き取りたいと考えている」

「はあ、左様でございますか」

仕方のないことだが、銀兵衛は息子には冷たくなっている。その分、孫を可愛がってくれればいいだろう。

「常盤屋は、しばらく儂が見て行くことになる。孫のこともあるし、それに独鬼の縁者の件もあるからね。ああ、そうそう、思い出した。今日こちらに伺ったのは皆塵堂さんと、それから銀杏屋さんにお願いがあったからなんですよ」

銀兵衛は後ろに座っている豊八に合図を送った。すると豊八は、横に置いてあった風呂敷包みを解き始めた。太一郎が訝《いぶか》しげな顔でそれを眺めている。

「私に、でございますか。呪いの方はもう心配ないはずですよ。金十郎さんの体もしばらくすれば元に戻るかと……」

「ああ、言ったように金十郎のことは気にしていませんよ。それとは別の件でしてね。ほら、儂は独鬼の縁者の面倒を見ることになったでしょう。それで……」

風呂敷包みの中から細長い箱が出てくる。豊八が蓋《ふた》を開けると、そこには丸められた掛け軸が納められていた。

「……せっかくだからもう一人、面倒を見たいと思っている絵師がいるんですよ。しかしまったくどこの誰とも分からない。まさに謎の絵師だ。だから皆塵堂さんと銀杏屋さんに訊こうと思って、今日はこちらを訪ねてきたのです」

「はあ。私に分かればいいのですが」

「もし知らない絵師だったら捜していただきたいのです。銀杏屋さんは独鬼という、五十四年前に亡くなった名もない絵師にたどり着いたくらいですからな。何とかなるでしょう」

「ううん、どうですかね。見たところ、特に何かが取り憑《つ》いている掛け軸というわけではなさそうですし……いや、でも、ものすごく嫌な感じを受けます。幽霊がどうとかではないのですが、これは……」

太一郎の腰が引けている。この男をここまで怖がらせるなんて、いったいどんな絵が描かれているのだろうか。念次郎は息を呑《の》んで、畳の上に掛け軸を広げようとする豊八を見守った。

「そんな恐ろしい絵ではありませんよ。むしろご利益があるすばらしい掛け軸です。

ほら、ご覧なさい」

掛け軸が広げられた。それを見た途端、太一郎と清左衛門が「ううっ」と声を漏らした。

何の変哲もない、ただの猫の絵である。それなのにどうしてそんな声を出すのだろうと思いながら、念次郎は絵に記されている雅号を見た。その途端、この男もまた「ううっ」と唸り声を上げた。

「ええと、名は『ちりあくたゆうほう』と読むのかな。この絵師はすごいですよ。何しろこの掛け軸を吊るしておくと鼠がまったく出なくなるのです。稀代《きたい》の名人かもしれません」

多分であるが、絵師ではなく描かれている猫の力だと思う。

「し、しかし……大して上手《うま》い絵だとは思いませんが……」

「何を言っているのですか、銀杏屋さん。ほら、そこの床の間で寝ている猫をご覧なさい。そっくりではありませんか」

鮪助を見て描いたのだから当然だろう。

「この絵師は、きっと暮らしに困っているに違いありません。これだけの絵が描けるのに、掛け軸の裂《きれ》が継ぎはぎなんですよ」

皆塵堂で引き取ったぼろぼろの掛け軸の中から、使える所を無理やり集めただけである。

「これは、儂が面倒を見てやらなければならないと思いましてね。銀杏屋さん、どうかこの塵芥鮪峰先生を見つけ出してくれませんか」

「い、いや……」

太一郎が困り果てているのを見て、伊平次が助け船を出した。

「銀兵衛さん……面倒を見るかどうかは、本人の気持ち次第ってことにしませんか。もしかしたらもう別の仕事をやっていて、絵師としてやっていくつもりはないかもしれないのでね」

念次郎はそっと振り向いて、作業場にいる峰吉の様子を眺めた。こちらの声は聞こえているはずだが、素知らぬ顔で笊を直している。絵で身を立てていくつもりなどまったくないようだ。

「もちろん無理強《じ》いすることはできませんが……」

「とりあえず捜してみますよ。気長に待っていてください。さて、それでは……松葉屋の若旦那が無事に戻ったお祝いに、みんなで昼飯でも食いに行きましょうか。ええと、千石屋でいいかな」

伊平次が立ち上がった。箱に戻すために豊八が掛け軸を巻き始めたが、仕舞い終えるのを待たずに伊平次は歩き出した。

「もちろん松葉屋の若旦那もご一緒に。あんたが主役なのだから、いてくれないと困る。それから念次郎も来るといい。支払いは心配しなくていいぞ。鳴海屋のご隠居に任せるから」

「左様でございますか。それではお相伴《しょうばん》に預かります」

念次郎は作業場に引き返し、隅に置いてあった自分の風呂敷包みを拾い上げた。峰吉はやはり表情を動かさず、黙々と笊の修繕を続けていた。

伊平次と念次郎に続いて、他の者たちもぞろぞろと奥の座敷から出てきた。掛け軸を仕舞い終えた豊八の姿もある。一番後ろは松助だ。

「ちょっと待ってください」

全員が作業場まで来て、順番に店土間に下りようとした時、その前に立ちはだかった男がいた。円九郎である。

「まさか、このまま行ってしまうおつもりではないでしょうね。大切なことをお忘れではありませんか。伊平次さん、そして念次郎さん」

「はあ？」

念次郎は首を捻《ひね》った。忘れていることなどないはずだ。若旦那が無事に見つかり、一件落着である。隣に立っている伊平次も、何のことやら、という顔をしている。

「私のことでございますよ。湯屋で約束したはずです」

思い出した。円九郎の勘当を解くよう、清左衛門に口添えするということだ。

「ああ、あれか……」

伊平次も思い出したようだ。仕方がない、という顔で一度大きく息を吐《は》き、それから清左衛門の方へ顔を向けた。

「ええとですね、ご隠居。円九郎も今回はよくやったし、そろそろ安積屋さんに戻してやることを考えたらどうかと思うんですよね。まあ、ご隠居が駄目というなら別にそのままで構わないけど」

続いて念次郎も口を開いた。

「あっしは湯屋で梯子段から落ちたところを円九郎さんに助けられました。本当に立派な方でございます。ですから、そろそろ円九郎さんの勘当を解くことをお考えになってもいいのではないか、と思うのです。まあ、ご隠居さんが駄目というなら別にそのままで結構ですけど」

二人とも言葉の最後にやる気のなさが出てしまっているが、それでも円九郎は力を得たようだ。きりりと引き締めた顔を清左衛門へと向けた。

「ご隠居様、お二人もこのようにおっしゃっていることですし、どうか、私の勘当を解いてくださいますようお願いいたします」

円九郎は深々と頭を下げた。

「ふむ、そうか。まあ儂もね、この頃はよく働いているな、と感心しながらお前のことを見ていたんだよ。もちろんまだまだだが、以前のようにすぐ怠《なま》けることはなくなった。だからね、そろそろ勘当を解いて安積屋さんに戻してやろうかと……」

「ほ、本当でございますか」

円九郎が腰を折ったまま顔を上げて清左衛門を見た。にやけている。

「……思ったんだけどね。やっぱりやめたよ」

「は？」

清左衛門を見上げたまま、円九郎は口をぽかんと開いた。

「ほら、安積屋にはおきみちゃんという女の子がいるだろう」

知らない名前が出てきたので念次郎は首を傾げた。すると、その様子に気づいたらしい清左衛門が教えてくれた。

「前にこの皆塵堂で働いていた女の子なんだよ。短い間だったけどね。両親が亡くなって、天涯孤独の身になった可哀想《かわいそう》な子なんだ。それで儂が口を利いてやって、今は安積屋で女中奉公をしているんだよ」

「そ、そのおきみちゃんと、私の勘当を解くことと、何の関わりがあるというのでございますか」

円九郎は不満そうである。

「いや、ほら。おきみちゃんは気立てがよくて、とても可愛らしい女の子だろう。だからさ、何か間違いがあったらいけないと思ってだね……」

「おきみちゃんはうちの女中で、しかもまだ十四ですよ。そんな子に、この私が手を出すかもしれないなんて、まさか本気で考えていらっしゃるのですか」

清左衛門だけでなく、伊平次や太一郎、銀兵衛、豊八、さらには常盤屋でのことを知らないはずの峰吉までが一斉に頷いた。もちろん念次郎もだ。頷かなかったのは松助だけである。

「そ、そんな……」

円九郎はがっくりと膝《ひざ》をついた。

「万が一ということがあるからね。おきみちゃんは身寄りのない子だから、年季が開けてもしばらくは安積屋に置いてやろう、とお前の父親は言っていたよ。多分、安積屋の方でいい亭主を見つけてやるつもりなのだろう。だからお前の勘当が解けて店に戻るのは……三年後くらいになるかな。まあ父親はともかくとして、他の安積屋の奉公人たちは、急に行方知れずになった若旦那のことはもう諦めていると思うから、勘当が解けるまで少し長くかかっても構うまい」

「いや、私は行方知れずじゃなくてここにいますから。勘当されたってことは店の者みんな知っていますから。きっと馬鹿にしているに違いないんだ。それでも戻ろうという私の心意気を汲《く》んで、ご隠居様、どうか勘当を……」

「さて、千石屋へ行くとするか」

清左衛門は店土間に下り、さっさと表へ出ていった。

「ああ……」

嘆き声を上げる円九郎をちらりとも見ずに、伊平次と太一郎も横を擦《す》り抜けて表へ出ていった。

「あああ……」

銀兵衛と豊八は気の毒そうに円九郎を見たが、それでも特に声はかけずに、やはりそのまま表へと出た。

最後に念次郎と松助が店土間に下りた。念次郎はもう円九郎がどういう男かよく分かっているが、松助の方は、千石屋で働いている者、としか知らない。だからさすがに可哀想だと感じたらしく、優しく声をかけた。

「円九郎さん、そんながっかりしないでください。きっと三年なんてすぐでございますよ。私と同じように、寝ているうちにあっという間に過ぎてしまいます」

「いや若旦那、それはちょっと無理があるのではないでしょうかね」

いかにも松助らしい呑気な物言いだ。しかし行方知れずの間が三日で終わった松助と違い、三年はさすがに長い。

「ああああ……」

案の定、松助の言葉は何の力にもならなかったようだ。円九郎はまだ嘆いている。放っておくしかあるまい。念次郎は松助を促して戸口へと向かった。

「ああああ……」

「円九郎さん、うるさいよ。それに邪魔だし……松葉屋の若旦那じゃなくて円九郎さんが行方知れずになればよかったのに」

戸口をくぐる時、冷たくそう言い放つ峰吉の声が背後から聞こえてきた。

主な参考文献

『近世風俗志（守貞謾稿）（一）〜（五）』喜田川守貞著　宇佐美英機校訂／岩波文庫
『江戸の火事と火消』山本純美著／河出書房新社
『大江戸災害ものがたり』酒井茂之著／明治書院
『江戸晴雨攷』根本順吉著／中公文庫
『原色　木材大事典185種』村山忠親著／誠文堂新光社
『嘉永・慶応　江戸切絵図』人文社

あとがき

深川《ふかがわ》は亀久橋《かめひさばし》の近くにひっそりと佇《たたず》む皆塵堂《かいじんどう》という古道具屋を舞台に、曰《いわ》くのある品物を巡って騒動が巻き起こる「古道具屋皆塵堂」シリーズの第十二作であります。幽霊が出てくる話でございますので、その手のものが苦手だという方は念のためご注意くださいますようお願いいたします。

ということで、全国の腰痛持ちの読者の皆様こんにちは。輪渡颯介《わたりそうすけ》です。

冬場、こたつに寝転がっている時に知らず知らずのうちにこたつ布団《ぶとん》（と天板）が手前の方に動いていて、それに気づかずに立ち上がろうと天板に手をついたら向こう側が持ち上がって「うおっ」となることがたまにあると思います（輪渡だけか？）。

結構前の話なのですが、輪渡はその「うおっ」の瞬間に腰が「ピキッ」となったことがございまして。膝立《ひざだ》ちで腰を屈《かが》め、持ち上がった天板を頭で支えるという珍しい姿勢のまま二十分くらい身動きできずに固まっていました。

そういう時はマイナスの思考が働くらしく、「今、大地震が起きたらどうしよう」

とか、「火事になったら逃げられないぞ」とか、「大噴火が起きてポンペイの町のように埋まり、数百年後に発掘された俺の遺体がこの姿勢で復元されたら嫌だな」などと、災害関連のことを色々と考えてしまいました。

そんなわけですから、二十分後にようやく少し動けるようになった輪渡が最初にしたのは、「火の元を確認しに行く」ことでした。

やや前屈みの姿勢で、腰に痛みが走った時に壁に手をつけるよう心持ち腕を前に上げ、呻《うめ》き声を漏《も》らしながらヨタヨタと台所へと向かったのですが、途中に鏡がありまして、それを横目で見た時に輪渡は思いました。「あっ、ゾンビだ」と。

最近（そうでもないか？）のゾンビは素早く動くやつもいるみたいですが、輪渡の頭に浮かんだのは古式ゆかしい昔ながらのゾンビです。墓場からよみがえり、呻き声を上げながらヨタヨタと人々を襲いに行くやつです。腰痛時の輪渡の動きは、まさにあのゾンビと同じでございました。

そのことに気づいて以来、映画などで「真夜中に町へと向かうゾンビの集団」が出てくると、「まだ夜明け前なのに、早々に病院へと向かい始める腰痛持ちのおっさんの群れ」に見えて、心の中で同情しつつ応援するという、捻《ひね》くれた鑑賞の仕方をするようになってしまいました。

何はともあれ、火の元の確認は大事ですよね……ということで、無理やりではございますが、本書『捻れ家』の話に移ります。

今回の話では「火事」が一つのポイントになっています。火事と喧嘩《けんか》は江戸の華、などという言葉を聞きますが、ひとたび江戸で火事が起こると本当に大変なことになったようで、本書の中でも触れていますが、一六五七年に起こった「明暦《めいれき》の大火」では実に十万人以上の死者が出たと言われています（諸説あり）。

現在ではそこまで多くの死者が出る火事はなかなか起こらないと思いますが、それでも毎年のように火事で亡くなっている方はいらっしゃいますし、風の状態によっては自分の家だけに留まらず隣家などへ延焼する恐れもございますので、たとえゾンビと化したとしても火の元には注意しないといけないな、と本書を執筆しながら輪渡は思った次第であります。

それから本書では江戸時代に実際に起こった火事を扱ったために、これまで曖昧《あいまい》に誤魔化《ごまか》してきた太一郎《たいちろう》と巳之助《みのすけ》の年齢が確定しています。元々、シリーズ一作目『古道具屋 皆塵堂』の中に、太一郎が五歳の頃に永代橋《えいたいばし》が落ちたという記述があるのです。この「永代橋崩落事故」は史実でございまして、一八〇七年に起きています。当時は数え年（生まれた時を一歳として、正月が来ると一つずつ年齢を加えていく数え方）ですので、ここから考えるに、太一郎は一八〇三年の生まれのようです。幼馴染《おさななじみ》で同《おな》い年の巳之助も、もちろん同じ年の生まれです。

そして本書では一八〇六年に起こった「文化《ぶんか》の大火」が二十年前だと記述されています。つまりこの『捻れ家』は一八二六年の物語で、太一郎と巳之助は数え年で二十四歳ということになります。

今の数え方だと二十二歳か二十三歳ですか。若くていいですね。もっとも輪渡は二十三歳の時にはすでに腰痛持ちでしたが……。

ちなみに二人が生まれた一八〇三年の干支《えと》は「亥《い》」みたいです。

巳之助、お前……巳年《みどし》生まれじゃなかったんかい。

事前に知っていれば「亥之助」にしたものを……。まさかシリーズがここまで続くとは思わなかったから適当に名前をつけてしまった。

申しわけありません。もし気になるようでしたら、読者様の脳内で「巳の刻に生まれた」とか「先に死んだ祖父さんが巳之助という名前で、そこからもらった」とか、適当に理由づけをしてください。多分、作者が触れることはありませんので。

それでは読者の皆様、腰痛と火の元にはくれぐれも注意して、どうぞ楽しい読書ライフを送ってください。今回のあとがきは以上です。ありがとうございました。

本書は文庫書下ろし作品です。

|著者|輪渡颯介　1972年、東京都生まれ。明治大学卒業。2008年に『掘割で笑う女 浪人左門あやかし指南』で第38回メフィスト賞を受賞し、デビュー。怪談と絡めた時代ミステリーを独特のユーモアを交えて描く。憑《つ》きものばかり集まる深川の古道具屋を舞台にした「古道具屋 皆塵堂」シリーズが人気に。「溝猫長屋 祠之怪」シリーズ、「怪談飯屋古狸」シリーズのほか、『ばけたま長屋』『悪霊じいちゃん風雲録』などがある。

捻《ねじ》れ家《が》　古道具屋《ふるどうぐや》 皆塵堂《かいじんどう》

輪渡颯介《わたりそうすけ》

2024年４月12日第１刷発行

発行者――森田浩章
発行所――株式会社　講談社
東京都文京区音羽2-12-21　〒112-8001
電話　出版（03）5395-3510
　　　販売（03）5395-5817
　　　業務（03）5395-3615

Printed in Japan

講談社文庫
定価はカバーに
表示してあります

KODANSHA

デザイン―菊地信義
本文データ制作―講談社デジタル製作
印刷―――株式会社KPSプロダクツ
製本―――株式会社国宝社

ISBN978-4-06-535385-1

講談社文庫刊行の辞

二十一世紀の到来を目睫に望みながら、われわれはいま、人類史上かつて例を見ない巨大な転換期をむかえようとしている。

世界も、日本も、激動の予兆に対する期待とおののきを内に蔵して、未知の時代に歩み入ろうとしている。このときにあたり、創業の人野間清治の「ナショナル・エデュケイター」への志を現代に甦らせようと意図して、われわれはここに古今の文芸作品はいうまでもなく、ひろく人文・社会・自然の諸科学から東西の名著を網羅する、新しい綜合文庫の発刊を決意した。

激動の転換期はまた断絶の時代である。われわれは戦後二十五年間の出版文化のありかたへの深い反省をこめて、この断絶の時代にあえて人間的な持続を求めようとする。いたずらに浮薄な商業主義のあだ花を追い求めることなく、長期にわたって良書に生命をあたえようとつとめるところにしか、今後の出版文化の真の繁栄はあり得ないと信じるからである。

同時にわれわれはこの綜合文庫の刊行を通じて、人文・社会・自然の諸科学が、結局人間の学にほかならないことを立証しようと願っている。かつて知識とは、「汝自身を知る」ことにつきていた。現代社会の瑣末な情報の氾濫のなかから、力強い知識の源泉を掘り起し、技術文明のただなかに、生きた人間の姿を復活させること。それこそわれわれの切なる希求である。

われわれは権威に盲従せず、俗流に媚びることなく、渾然一体となって日本の「草の根」をかたちづくる若く新しい世代の人々に、心をこめてこの新しい綜合文庫をおくり届けたい。それは知識の泉であるとともに感受性のふるさとであり、もっとも有機的に組織され、社会に開かれた万人のための大学をめざしている。大方の支援と協力を衷心より切望してやまない。

一九七一年七月

野間省一

講談社文芸文庫

大澤真幸
〈世界史〉の哲学　4　イスラーム篇
解説＝吉川浩満
おZ5
978-4-06-535067-6

西洋社会と同様一神教の、かつ科学も文化も先進的だったイスラーム社会において、資本主義がなぜ発達しなかったのか？　知られざるイスラーム社会の本質に迫る。

吉本隆明
わたしの本はすぐに終る　吉本隆明詩集
解説＝高橋源一郎　年譜＝高橋忠義
よB11
978-4-06-534882-6

つねに詩を第一と考えてきた著者が一九五〇年代前半から九〇年代まで書き続けてきた作品の集大成。『吉本隆明初期詩集』と併せ読むことで沁みる、表現の真髄。

講談社文庫　目録

村上春樹　遠い太鼓
村上春樹　国境の南、太陽の西
村上春樹　やがて哀しき外国語
村上春樹　アンダーグラウンド
村上春樹　スプートニクの恋人
村上春樹　アフターダーク
村上春樹 佐々木マキ絵　羊男のクリスマス
村上春樹 佐々木マキ絵　ふしぎな図書館
村上春樹 糸井重里　夢で会いましょう
村上春樹・文 安西水丸・絵　ふわふわ
U.K.ル＝グウィン 村上春樹訳　空飛び猫
U.K.ル＝グウィン 村上春樹訳　帰ってきた空飛び猫
U.K.ル＝グウィン 村上春樹訳　素晴らしいアレキサンダーと、空飛び猫たち
U.K.ル＝グウィン 村上春樹訳　空を駆けるジェーン
T.ファリッシュ著 B.ルート絵 村上春樹訳　ポテト・スープが大好きな猫
村山由佳　天翔る
睦月影郎　密通妻
睦月影郎　快楽アクアリウム
向井万起男　渡る世間は「数字」だらけ

村田沙耶香　授乳
村田沙耶香　マウス
村田沙耶香　星が吸う水
村田沙耶香　殺人出産
村瀬秀信　気がつけばチェーン店ばかりでメシを食べている
村瀬秀信　それでも気がつけばチェーン店ばかりでメシを食べている
村瀬秀信　地方に行っても気がつけばチェーン店ばかりでメシを食べている
虫眼鏡　東海オンエアの動画が6.4倍楽しくなる本〈虫眼鏡の概要欄 クロニクル〉
森村誠一　悪道
森村誠一　悪道 西国謀反
森村誠一　悪道 御三家の刺客
森村誠一　悪道 五右衛門の復讐
森村誠一　悪道 最後の密命
森村誠一　ねこの証明
毛利恒之　月光の夏
森博嗣　すべてがFになる〈THE PERFECT INSIDER〉
森博嗣　冷たい密室と博士たち〈DOCTORS IN ISOLATED ROOM〉
森博嗣　笑わない数学者〈MATHEMATICAL GOODBYE〉
森博嗣　詩的私的ジャック〈JACK THE POETICAL PRIVATE〉

森博嗣　封印再度〈WHO INSIDE〉
森博嗣　幻惑の死と使途〈ILLUSION ACTS LIKE MAGIC〉
森博嗣　夏のレプリカ〈REPLACEABLE SUMMER〉
森博嗣　今はもうない〈SWITCH BACK〉
森博嗣　数奇にして模型〈NUMERICAL MODELS〉
森博嗣　有限と微小のパン〈THE PERFECT OUTSIDER〉
森博嗣　黒猫の三角〈Delta in the Darkness〉
森博嗣　人形式モナリザ〈Shape of Things Human〉
森博嗣　月は幽咽のデバイス〈The Sound Walks When the Moon Talks〉
森博嗣　夢・出逢い・魔性〈You May Die in My Show〉
森博嗣　魔剣天翔〈Cockpit on knife Edge〉
森博嗣　恋恋蓮歩の演習〈A Sea of Deceits〉
森博嗣　六人の超音波科学者〈Six Supersonic Scientists〉
森博嗣　捩れ屋敷の利鈍〈The Riddle in Torsional Nest〉
森博嗣　朽ちる散る落ちる〈Rot off and Drop away〉
森博嗣　赤緑黒白〈Red Green Black and White〉
森博嗣　四季 春〜冬
森博嗣　φ《ファイ》は壊れたね〈PATH CONNECTED φ BROKE〉
森博嗣　θ《シータ》は遊んでくれたよ〈ANOTHER PLAYMATE θ〉

森 博嗣 τ《タウ》になるまで待って〈PLEASE STAY UNTIL τ〉
森 博嗣 ε《イプシロン》に誓って〈SWEARING ON SOLEMN ε〉
森 博嗣 λ《ラムダ》に歯がない〈λ HAS NO TEETH〉
森 博嗣 η《イータ》なのに夢のよう〈DREAMILY IN SPITE OF η〉
森 博嗣 目薬 α《アルファ》で殺菌します〈DISINFECTANT α FOR THE EYES〉
森 博嗣 ジグβ《ベータ》は神ですか〈JIG β KNOWS HEAVEN〉
森 博嗣 キウイγ《ガンマ》は時計仕掛け〈KIWI γ IN CLOCKWORK〉
森 博嗣 χ《カイ》の悲劇〈THE TRAGEDY OF χ〉
森 博嗣 ψ《プサイ》の悲劇〈THE TRAGEDY OF ψ〉
森 博嗣 イナイ×イナイ〈PEEKABOO〉
森 博嗣 キラレ×キラレ〈CUTTHROAT〉
森 博嗣 タカイ×タカイ〈CRUCIFIXION〉
森 博嗣 ムカシ×ムカシ〈REMINISCENCE〉
森 博嗣 サイタ×サイタ〈EXPLOSIVE〉
森 博嗣 ダマシ×ダマシ〈SWINDLER〉
森 博嗣 女王の百年密室〈GOD SAVE THE QUEEN〉
森 博嗣 迷宮百年の睡魔〈LABYRINTH IN ARM OF MORPHEUS〉
森 博嗣 赤目姫の潮解〈LADY SCARLET EYES AND HER DELIQUESCENCE〉
森 博嗣 馬鹿と嘘の弓〈Fool Lie Bow〉
森 博嗣 まどろみ消去〈MISSING UNDER THE MISTLETOE〉
森 博嗣 地球儀のスライス〈A SLICE OF TERRESTRIAL GLOBE〉
森 博嗣 レタス・フライ〈Lettuce Fry〉
森 博嗣 僕は秋子に借りがある I'm in Debt to Akiko〈森博嗣自選短編集〉
森 博嗣 どちらかが魔女 Which is the Witch?〈森博嗣シリーズ短編集〉
森 博嗣 喜嶋先生の静かな世界〈The Silent World of Dr.Kishima〉
森 博嗣 そして二人だけになった〈Until Death Do Us Part〉
森 博嗣 つぶやきのクリーム〈The cream of the notes〉
森 博嗣 ツンドラモンスーン〈The cream of the notes 4〉
森 博嗣 つぼみ茸《きのこ》ムース〈The cream of the notes 5〉
森 博嗣 つぶさにミルフィーユ〈The cream of the notes 6〉
森 博嗣 月夜のサラサーテ〈The cream of the notes 7〉
森 博嗣 つんつんブラザーズ〈The cream of the notes 8〉
森 博嗣 ツベルクリンムーチョ〈The cream of the notes 9〉
森 博嗣 追懐のコヨーテ〈The cream of the notes 10〉
森 博嗣 積み木シンドローム〈The cream of the notes 11〉
森 博嗣 妻のオンパレード〈The cream of the notes 12〉
森 博嗣 カクレカラクリ〈An Automaton in Long Sleep〉
森 博嗣 DOG&DOLL
森 博嗣 森には森の風が吹く〈My wind blows in my forest〉
森 博嗣 アンチ整理術〈Anti-Organizing Life〉
森 博嗣 原作 萩尾望都 トーマの心臓〈Lost heart for Thoma〉
諸田玲子 森家の討ち入り
森 達也 すべての戦争は自衛から始まる
本谷有希子 腑抜けども、悲しみの愛を見せろ
本谷有希子 江利子と絶対〈本谷有希子文学大全集〉
本谷有希子 あの子の考えることは変
本谷有希子 嵐のピクニック
本谷有希子 自分を好きになる方法
本谷有希子 異類婚姻譚
本谷有希子 静かに、ねぇ、静かに
茂木健一郎 「赤毛のアン」に学ぶ幸福《しあわせ》になる方法
森林原人 セックス幸福論〈偏差値78のAV男優が考える〉
桃戸ハル編・著 5分後に意外な結末〈ベスト・セレクション〉
桃戸ハル編・著 5分後に意外な結末〈ベスト・セレクション 黒の巻・白の巻〉
桃戸ハル編・著 5分後に意外な結末〈ベスト・セレクション 心震える赤の巻〉
桃戸ハル編・著 5分後に意外な結末〈ベスト・セレクション 心弾ける橙の巻〉
桃戸ハル編・著 5分後に意外な結末〈ベスト・セレクション 金の巻〉

講談社文庫　目録

講談社文庫 目録

講談社文庫　目録